KB094935

인생을
바꿔라

강준현 장편소설

FUSION FANTASTIC STORY

인생을 바꿔라 4

강준현 장편소설

초판 1쇄 찍은 날 § 2016년 6월 27일
초판 1쇄 펴낸 날 § 2016년 7월 4일

지은이 § 강준현
펴낸이 § 서경석

편집책임 § 이창진

펴낸곳 § 도서출판 청어람
등록번호 § 제387-1999-000006호
등록일자 § 1999. 5. 31
어람번호 § 제1-2470호

주소 § 경기도 부천시 원미구 부일로 483번길 40 서경B/D 3F (우) 14640
전화 § 032-656-4452 팩스 § 032-656-4453
http://www.chungeoram.com
E-mail § chungeorambook@daum.net

ⓒ 강준현, 2016

ISBN 979-11-04-90874-3 04810
ISBN 979-11-04-90783-8 (세트)

※ 파본은 구입하신 서점에서 교환하여 드립니다.
※ 저자와 협의하여 인지를 붙이지 않습니다.
※ 이 책은 도서출판 청어람과 저작자의 계약에 의해 출판된 것이므로,
   무단 전재 및 유포·공유를 금합니다.

인생을 바꿔라

4

강준현 장편소설

FUSION FANTASTIC STORY

도서출판 청어람

인생을 바꿔라

목차

제1장

느낌

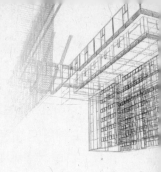

"처음 TV에 나오는 거 보고 진짜 넌지 긴가민가했었다. 설마 네가 배우가 되었으리라고는 생각지도 못하고 있었거든."

민종수는 오랜만에 만난 친구 코스프레를 하며 자리에 앉았다.

"그때랑 얼굴이 좀 바뀌었지?"

"많이. 고딩 땐 너나 나나 꽤 거칠게 보냈잖아. 그때 기억 때문인지 너라는 생각이 퍼뜩 안 나더라."

"하하! 철없을 때였지. 그래도 간혹 애들이랑 너희 집에서 술 먹던 기억은 나더라."

"큭큭! 아버지가 아끼던 술 먹고 보리차 넣어뒀던 것 기억하냐?"

"당연히 기억하지! 참, 근데 너희 아버진 잘 계시냐? 우리가
사고 치면 항상 무마해 주셨는데……."

"너무 정정해서 탈이다. 내가 장담하건대 나보다 더 오래
사실 거다. 술 얘기 하니까 기억나는데, 수업 땡땡이치고 술
먹다가 옆 동네 일진들이랑 한판 했던 기억도 나냐?"

민종수는 우리가 예전에 얼마나 친했는지를 상기시키려는
지 주로 과거 얘기를 꺼냈고 난 적당히 맞장구를 치며 받아줬
다.

"아! 아까 유리에게 듣기론 오기로 한 사람이 소속사 사장
이라고 했는데… 네가 미래기획사의 사장?"

"언제까지고 철없는 고딩으로 지낼 수는 없으니까. 도망가
듯 유학 가서 배운 게 이쪽 계통이라 귀국해서 하나 차렸다."

잘도 그랬겠다.

술집을 전전긍긍하며 여자만 꼬시고 다녔다는데 내 손목
을 걸 수도 있었다.

너무 어이가 없어 대꾸할 엄두가 나지 않아 화제를 돌렸다.

"근데 너, 혹시 알고 있냐? 나랑 친한 형이 너희 회사랑 얼
마 전에 계약했더라?"

"진짜? 누구?"

"종철이 형."

"아하! 그 사람이 너랑 친했냐? 직원들이 장래가 촉망된다

고 영입하자는 의견을 내서 한 거였는데. 야아~ 우리가 인연
은 인연인가 보다 핫핫핫!"

연기의 한계가 드러났는지, 아니면 내가 그에 대해 너무 잘
알고 있어서인지 웃고 있는 민종수를 보니 눈에 띄게 어색했
다.

난 그가 멘탈을 가다듬을 수 있도록 짐짓 못 본 척하고 시
선을 돌렸다.

"그러게 말이다. 이런! 그런데 유리를 앞에 두고 너무 우리
둘 얘기만 했네. 미안."

"꽤, 괜찮아."

"유리? …너희 언제부터 말 텄냐?"

"방금 전에 텄다."

"설마, 너……. 작업하려 한 거냐?"

내내 웃는 얼굴을 유지하던 민종수의 표정이 처음으로 굳
어졌다.

'아마 내가 그때 저 표정이었겠지?'

지금 내가 하고 있는 행동은 맨 처음 빙의한 김철이었을 때
나와 신유리 사이에 끼어든 민종수가 했던 행동과 다를 바 없
었다.

"너 같으면 이런 기회를 놓치겠냐? 아! 그렇다고 유리, 널 절
대 가볍게 봐서 그런 건 아냐. 진지한 마음이었다고."

"……"

"야, 야, 그런 눈으로 보지 마라. 널 보는 순간 생각을 접었으니까. 설마 친구 애인을 넘보는 파렴치한으로 생각하는 건 아니겠지?"

지금 하는 말 역시 예전 민종수가 했던 말이었다.

"하하… 당연히 그렇겠지."

어느 면을 보더라도 약자인 민종수는 어색한 표정으로 수긍했고, 난 그 모습을 보며 왠지 모를 짜릿한 쾌감을 느꼈다.

혹 지금의 나의 모습을 보고 사악하다고 말할 수 있을지도 모른다. 하지만 두 번의 인생을 합해 15년 가까이 침대에서 생활한 경험이 있는 나에겐 이제 시작에 불과했다.

"우, 우리 여기서 이러지 말고 술이나 먹으면서 얘기하자."

패배감이 그대로 드러나는 얼굴을 하고 있으면서도 애써 태연한 척하는 민종수.

"미안, 내일 중요한 일이 있어서 오늘은 안 돼. 다음에 하자."

오늘은 이쯤에서 끝내기로 하고 자리에서 일어났다.

밀당이 남녀 사이에만 중요한 것은 아니었다.

"유리야, 교통사고 건은 오늘 먹은 것으로 퉁 치자. 반가웠어. 그리고 종수야, 좀 한가해지면 연락할게."

"으, 응. 근데 정말 가려고? 이게 몇 년 만에 만난 건데…….진짜 너무하다."

"나도 웬만하면 마시고 싶다. 한데 진짜 바빠서 그래. 다음에 만나면 내가 술 거하게 쏠게."

"그게 중요한 게 아니잖아. 이렇게 가면 언제 만나냐? 내가 좋은 곳 알고 있으니 한 잔만 하고 가. 장담하는데 연예인 애들과는 다른 맛이 있을 거야."

민종수는 자신이 계획했던 것이 이대로 끝나는 것이 초조했는지 밖으로 나가는 나를 쫓아와 옷깃을 붙잡으며 말했다.

"종수야, 얼마 전이라면 옳다구나 하겠지만 요즘 내 뒤를 따라다니는 파파라치들이 몇 명이나 되는지 아냐? 좋은 곳에 갔다간 좆 되는 수가 생겨서 요즘 그런 쪽으로는 완전히 끊었다."

"그럼, 건전한 곳에 가서 한잔하자. 10년 만에 만나서 그냥 가는 법이 어디 있냐?"

"하아~ 이 자식, 어지간히 반가운 모양이네."

"넌 아니냐?"

"나도 당연히 반갑지. 근데 내가 정말 곤란해서 그런 거야. 오죽했으면 널 만났는데 술 한 잔 안 마시고 가겠냐? 내가 꼭 회사로 연락할게. 그러니 기다리고 있어."

"…꼭 연락하는 거다?"

"꼭 할게. 그리고 꼭 새끼 쳐라. 유유상종이랬다고, 유리 친구들도 예쁠 거 아냐? 오케이? 흐흐흐!"

다소 음흉한 눈빛과 웃음을 지으며 말했고 민종수는 그제야 내가 도망가는 것이 아니라고 생각했는지 안도하며 옷깃을

놔주었다.

"내가 유리 한테 최고로 예쁜 애로 데리고 나오라고 하마. 대신 하고, 못하고는 네 능력이다."

"걱정 마라. 내가 누구냐? 그럼 준비 잘하고 기다려."

"큭큭큭! 알았다. 연락 기다리마."

"오냐, 간다."

준비를 잘하라는 건 중의적인 표현이었다.

아무리 한동안 그의 의도대로 따라가 주려 해도 너무 어설퍼서 짜증이 날 정도였다. 그래서 좀 더 제대로 준비하라고 조언을 해준 것이다.

물론 그가 내 말을 제대로 알아들었을 리는 없겠지만 말이다.

＊   ＊   ＊

"이번엔 또 얼마나 대단한 애들을 데려오려고 아직까지 안 올라온 거야?"

민종수와 헤어지고 집으로 들어온 난 나갈 때와 조금도 달라지지 않은 거실을 보곤 중얼거렸다.

석두는 괜찮은 연예계 지망생을 찾는다고 무작정 전국을 돌고 있어 거의 집에 붙어 있질 않았다.

하루라도 빨리 처리할 것이 있는데 나타나질 않으니 살짝

짜증이 났다. 하지만 제 일을 찾은 듯 열심히 하는 그를 혼낼
마음은 없었다.

"형님! 저 왔습니다!"

호흡법과 가전 무술을 마친 후 저녁을 겸해 치킨과 맥주를
먹고 있는데 석두가 돌아왔다.

"어제 온다면서 왜 이렇게 늦었냐?"

"어제 돌아오려고 했는데 정말 놓치면 후회할 것 같은 애를
만났거든요. 미성년자라 부모와 만나고 오느라 좀 늦었습니
다. 제가 많이 보고 싶었습니까? 헤헤!"

"…누가 많이 보고 싶어 해? 쓸데없는 소리 말고 어서 씻고
나와. 할 얘기 있다."

"후후! 부끄러워하시긴… 솔직히 말해도 괜찮습니다. 든 자
리는 몰라도 난 자리는 안다고, 제가 그리우셨겠죠. 그러니
하루를 멀다 하고 전화를 해서 제 동향을 물으신 거 아닙니
까?"

"…니가 요즘 안 맞아서 몸이 근질근질하지?"

"취향이 점점 사디스트로… 아얏! 어, 얼른 씻고 오겠습니
다."

내가 먹고 있던 치킨 뼈에 정통으로 얼굴을 맞고 나서야 석
두는 욕실로 도망치듯 달려갔다. 그리고 15분쯤 후 수건으로
머리의 물기를 털며 맞은편 소파에 앉았다.

"수고했다. 한데 이제부터는 굳이 전국을 떠돌 필요는 없다.

앞으로는 회사 차원에서 공채로 모집할 생각이니 그리 알아라."

"제가 옆에 없어서 그리 불안……."

"쓰읍!"

"헤, 헤헤! 노, 농담입니다. 계속 말씀하십시오."

솔직히 말하자면 사라진 과거의 영향인지 혼자 있는 것이 싫었다. 굳이 석두가 아니어도 상관없었지만, 가장 편한 것이 그였다.

나는 거꾸로 집어 들었던 병을 바로 하며 우당과 엄청난 재산을 상속받았다고 석두에게 말했다.

인간에게 기생하며 살아갈 때 인간의 추악함과 어두운 면을 누구보다 많이 봤던 내가 딱히 누군가를 100퍼센트 믿는다는 건 불가능했다.

그러나 그나마 가장 믿을 만한 사람이 누구냐고 묻는다면 주저 없이 석두라고 답할 것이다.

내 말을 다 들은 석두의 반응은 꽤나 담담했다. 부럽다며 수선을 떨 줄 알았는데 의외였다.

"어째 꽤 담담하다?"

"부러워할 줄 아셨습니까?"

"안 부럽냐?"

"전 형님의 동생이 되기로 한 날부터 형님과 비교하는 걸 포기했습니다. 형님에 비해 싸움도 못하고, 얼굴도 후졌고, 돈도 없지만 딱 한 가지 형님보다 나은 게 있습니다."

"현실을 정확하게 인지하고 있는 건 좋은데 너무 자학은 하지 마라. 한데 나보다 나은 게 뭔데?"

"형님을 형님으로 모시고 있지 않습니까?"

"…어째 묘하게 설득력이 있다?"

"그렇죠? 형님도 형님과 같은 사람을 형님으로 모시면 저처럼 반응했을 겁니다."

석두의 말이 아부라는 걸 알면서도 기분이 좋았다. 그리고 석두의 말처럼 나 같은…….

생각만 해도 싫었다. 나처럼 성격 더러운 놈을 형님으로 모시는 생각이라니.

내가 잠깐 끔찍한 상상에 빠져 있는 동안 석두의 말이 계속 됐는데, 점점 본색을 드러내고 있었다.

"전 보육원에 보낼 돈과 먹고 자고 할 돈만 있으면 만족합니다."

"…그러냐?"

"그리고 설마 형님께서 동생이 후줄근하게 사는 걸 보고만 있을 분이 아니지 않습니까? 지금까지 그래왔듯이 전 그저 부스러기면 충분합니다. 멋진 집이나 멋진 차 따윈 필요 없습니다."

역시 한국말은 끝까지 들어야 했다.

어째 사 달라는 것보다 더 무섭게 들리는 건 착각이 아닐 것이다.

"빌어먹을 놈! 부스러기 여기 있다."

난 그의 소원대로 치킨 부스러기를 그에게 던졌다.

"어이쿠, 이런 부스러기를 말한 게 아닌데…… 적당히 50평쯤 되는, 이왕이면 세 자릿수가 좋지만, 아파트와 길에서 흔히 볼 수 있는 스포츠카 같은……."

"왜, 뼈로 줄까?"

"아, 아닙니다. 요걸로 만족하겠습니다."

내가 던진 부스러기들을 하나씩 주워서 입에 넣는 석두를 보자니 화를 내는 내가 오히려 바보 같았다.

어차피 안 해줄 것도 아니지 않는가.

"에휴~! 내가 너랑 무슨 말을 하겠냐? 아무튼 네가 해줘야 할 일이 있다."

"말씀만 하십시오. 언제 제가 실망시켜 드린 적이 있습니까?"

"…너, 정말 양심도 없구나?"

석두에게 일을 시키면 열에 다섯은 잊어버리고, 셋은 엉망으로 만들었다. 잘하는 일은 오직 하나, 나조차도 두려운 박치기뿐이었다.

그래서 석두가 되었다.

"제 기억엔 없습니다."

"…됐다. 이 명함 속 여자에 대해 철저하게 조사해라. 특히 나의 과거에 대해 얼마나 알고 있는지까지 알아내면 더 좋고."

추가로 석두에게 그녀가 오래전부터 나에 대해 조사를 해 왔다는 걸 알려주었다.

"허진경? 이 여자가 누군데요?"

"내 비서."

"예쁩니까?"

"그게 알아내는 것과 관련이 있냐?"

"예쁘면 그냥 덮쳐서 형님이 알아내는 게 더 좋지 않습니까? 그게 형님 특기잖아요. 신상 명세야 털면 나오지만 머릿속에 있는 것을 무슨 수로 알아내겠습니까?"

"으득! 언제부터 내 특기가 여자 후리기가 된 거냐?"

"양심도 없으십……! 네네, 안 예쁜가 보군요? 어쨌든 도청을 해서라도 반드시 알아내도록 노력하겠습니다."

뭔가 어정쩡한 대답이었지만 큰 기대는 하지 않았다.

정 궁금해지면 염의 에너지를 사용하는 일이 있더라도 빙의를 하면 되는 일이었다.

*   *   *

딩동!

"아~ 하암… 누구세요?"

소파에 앉아있던 석훈은 길게 하품을 하곤 인터폰으로 다가가 물었다. 이 시간에 올 사람은 어제 김철이 말한 한 사람뿐이었다.

—오늘부터 이사장님을 모실 허진경이에요.

"……! 자, 잠시만요."

석훈은 인터폰에 비친 허진경의 모습에 잠이 확 달아났다.

단정한 정장 스타일에, 옷만큼이나 단정하게 빗어 넘긴 머리, 조금은 깐깐하게 보이게 만드는 은색 반테 안경.

예상대로 미인은 아니었지만 '나, 먹물깨나 먹었소' 하는 이지적인 모습이 딱 그의 이상형이었다.

사실 안젤리카에게 첫눈에 반한 것은 미모 때문이라기보다는 영어를 잘하는 이지적인 모습 때문이었다.

석훈은 재빨리 거울을 보며 머리를 매만지고는 눈곱을 뗐다.

마음 같아선 샤워를 하고 싶었지만, 오래 기다리게 해서 첫인상을 망칠 순 없다는 생각이 우선이었다.

"석두 씨죠? 만나서 반가워요. 이사장님은요?"

"방에서 운동을 하며 기다리고 있습니다. 일단 들어오시죠. 그리고 제 이름은 석두가 아니라 석훈입니다. 장석훈!"

"…네?"

거실로 들어가던 허진경이 석훈의 말을 제대로 듣지 못했는지 되물었다.

"석두가 아니라 장석훈이라고요."

"알아요. 하지만 평소에 이사장님이 석두라고 부르지 않나요? 전 그렇게 알고 있는데?"

김철이 그를 석두라 부르니 자신도 석두라고 부르겠다는 그녀.

만일 다른 여자가 그런 소리를 했다면 쌍욕을 배부를 만큼 날려줬을 것이다. 그러나 외모는 물론이거니와 하이힐을 벗었음에도 자신과 같은 눈높이에서 직설적인 태도를 보이고 있는 그녀에게 욕을 할 마음은 없었다.

"…앞으로 형님도 석훈이라고 부를 겁니다."

"훗! 좋아요, 석훈 씨. 조만간 따로 만나서 얘기하려 했는데, 지금 하죠."

"아닙니다. 형님을 모시고 출근하시는 분의 시간을 뺏을 순 없죠. 계획대로 조만간 따로 만났을 때 얘기하시죠."

"……."

허진경의 아미가 살짝 좁혀졌다.

'뭐, 이런 사람이 다 있어?' 하는 표정. 그러나 곧 예의 무뚝뚝한 표정으로 돌아와 말했다.

"그래요, 그렇게 해요. 한데 한 가지는 미리 말해야겠어요."

"하세요."

"우당의 이사장직은 이백여 명의 직원과 수천 명의 나라의 독립을 위해 힘쓰셨던 애국지사들과 그 자손들, 재단과 협력 관계에 있는 수만 명의 사람들의 얼굴이 되는 자리예요. 그래서 이전의 과거 따윈 가급적 깨끗이 지우는 것이 좋죠."

별명이 석두지만 그녀가 무슨 말을 하는지 못 알아들을 정도는 아니었다.

그리곤 지금까지와는 달리 얼굴을 굳히며 말했다.

"…제가 형님의 옆에 있는 것이 민폐라는 것처럼 들리는군요?"

"표면적으로는요."

"좀 더 쉽게 설명해 주시죠."

"순진한 이미지의 배우가 실제로는 개망나니일 수도 있다는 거죠. 즉 이사장님이 표면적으로는 재단에 걸맞아야겠지만 실제 생활에서는 그럴 필요는 없다는 거예요."

"그림자처럼 조용히 지내라?"

"후후! 일단 그 정도로 이해해 주면 고맙죠. 석훈 씨의 말대로 오늘은 출근을 해야 하니 조만간 따로 연락을 드리죠."

"제 전화번호는 압니까?"

"전 이사장님과 석훈 씨에 대해 생각보다 많은 것을 알고 있어요."

그녀의 말에 김철이 걱정하는 바가 무엇인지 확실히 알 수 있는 순간이었다.

석훈은 짐짓 무슨 말인지 모른 척 말을 이었다.

"한쪽만 많은 것을 알고 있다니 왠지 불공평하군요. 뭐, 차츰 공평하게 맞춰가면 되겠죠."

석훈의 말이 이해가 되지 않는지 허진경은 고개를 갸웃거렸다. 그리고 그때, 김철이 방에서 나왔다.

"석두야, 허진경 씨랑 인사는 나눴냐?"

"형님! 제 이름은 석두가 아니라 석훈입니다, 석훈! 앞으로 석훈이라고 불러주십시오."

"……"

석훈은 김철의 물음에 버럭 소리치며 말했고 김철은 뜬금없는 그의 반응에 눈만 끔뻑거릴 수밖에 없었다.

*　　　*　　　*

"좀 전에 석두, 아니, 석훈이가 왜 그리 화를 낸 겁니까?"

재단으로 가는 차에서 옆에 앉은 허진경을 향해 물었다.

5년을 넘게 석두라고 불러도 일언반구도 없던 녀석이 갑자기 석두라고 부르지 말라며 화를 내니 황당할 따름이었다.

"글쎄요… 처음 본 석훈 씨의 속마음을 제가 알 수는 없죠. 갑자기 석두라는 변명이 싫어진 것이 아닐까요?"

"음… 그럴 수도 있겠군요."

분명 허진경과 연관이 있는 것 같은데, 아니라고 하니 더 이상 물을 수가 없었다.

"오늘 제가 할 일은 뭡니까?"

"취임식과 12시에 이사들과 식사 겸 첫 미팅이 예정되어 있습니다."

허진경은 업무에 대해 묻자 자세와 말투를 바로 하며 말했다.

"단출하군요."

"적응 기간이 필요하실 것 같아 최소한의 일정만 잡았습니다. 원하신다면 빡빡하게 일정을 짤 수도 있습니다만……"

"사양하죠. 꼭 필요한 것이 아니라면 조용히 지내고 싶군요. 더 줄여주실 수 있으면 더 줄여도 상관없습니다."

나 없이도 20년간 잘 운영되어 오던 재단이었다. 그러니 그저 은퇴한 뒷방 늙은이처럼 있는 듯, 없는 듯 지낼 생각이었다.

내 말에 허진경의 얼굴에 얼핏 실망한 기색이 떠올랐으나, 본 것이 착각이라고 생각할 만큼 순식간에 원래대로 돌아왔다.

"…알겠습니다. 그래도 일단은 어떤 일정이 있는지는 아셔야 하니 일정표는 항상 책상 위에 준비해 두겠습니다."

"네, 그래주세요."

처음 낄 데, 안 낄 데를 구분 못 하고 발끈해서 소리칠 때는 비서에 어울리지 않는다고 생각했었다. 그러나 막상 오늘 하는 모습을 보니 꽤 마음에 들었다.

"연봉은 얼마나 됩니까?"

"왜요, 적으면 올려주시게요?"

개인적인 질문이라고 생각했을까? 허진경의 말투가 다시 가볍게 바뀌었다.

"허 비서도 잘 알겠지만 난 내 사람에 대해선 돈을 아끼지 않습니다."

"지금 프러포즈하시는 건가요? 아, 죄송합니다. 개인적인 질문 같아 제가 말을 함부로 한 것 같습니다."

"하하! 괜찮아요. 그게 허 비서의 매력인데요. 그리고 프러포즈 맞습니다. 단 남자가 여자에게 하는 것이 아닌 마음에 드는 동료에게 하는 거지만요."

"아깝네요. 부자 남편을 만나는 게 소원이었는데… 한데 그 제안에 눈물을 흘리며 기뻐해야 하나요?"

"바라지도 않습니다."

"거절하는 거보다 거짓으로 받아들이는 게 더 기분 나쁘시겠죠?"

"두말하면 잔소리죠."

"그럼, 시간을 넉넉히 주세요. 결정되면 말씀드릴게요. 괜찮으시죠? 아, 우당에 도착했네요! 문은 제가 열어드리겠습니다."

허진경은 내 대답을 기다리지 않고 차에서 내렸다.

'쳇! 만만치 않군.'

난 그녀의 뒷모습을 보며 가볍게 인상을 썼다.

굳이 고사를 들먹이지 않아도 위험한 상대는 친구, 혹은 공

모자로 만드는 것이 좋았다. 한데 급할 것 없다는 듯 결정을 미루는 그녀였다.

우물 앞에서 숭늉 찾을 수 없는 일, 일단 그녀의 일은 뒤로 미루고 차에서 내렸다.

"어서 오십시오, 이사장님!"

건물 입구에 서있던 스무여 명의 사람이 일제히 한목소리로 인사를 하며 고개를 숙였다.

꽃다발을 들고 있는 여자를 제외하곤 대부분이 아버지뻘, 혹은 할아버지뻘들로 보였는데 기분이 묘했다.

'이래서 기를 쓰고 높은 자리에 앉으려 하는 것일지도 모르겠군.'

세상이 내 발아래 있는 것 같은 착각이 들 정도였으니 더 말해 무엇하리.

하지만 언제나 대한민국을 내려다보며 살았던 난 착각의 늪에서 금세 빠져나왔다. 그러자 조금 전까지 보지 못하던 것이 보였다.

아버지를 잘 만나 벼락부자가 된 애송이를 보는 듯한 눈빛들.

탓할 생각은 없었다. 저들의 생각과는 조금 다르지만 능력과는 상관없이 물려받은 건 사실이었으니까.

"처음 뵙겠습니다. 김철입니다."

난 정중하면서도 당당하게 인사를 했다.

솔직히 두 번 다시 이런 낯 뜨거운 환영은 하지 말아달라고 말하고 싶었지만, 첫 만남부터 그런 소리를 해봐야 분위기만 나빠질 것이 분명했기에 좋게 받아들이기로 했다.

"허허! 새로운 이사장님이 어떤 분일까 궁금했었는데 생각보다 훨씬 젊으신 분이군요."

환영을 위해 모여 있는 사람들 중 직위가 가장 높은 사람인지 나이가 지긋한 노인이 나서며 한마디 했다.

"저에 대해 전혀 모르고 계셨나 봅니다?"

"허 부이사장이 워낙 입이 무거워서 말입니다. 그저 오늘 이 시간쯤 도착한다는 말만, 그것도 어제 말해줬답니다."

"부이사장님도 참! 그냥 말해줘도 될 것을 괜한 헛소문만 떠돌았겠군요?"

"입단속을 시켰지만 쫓아다니며 막을 수도 없는 일이지 않습니까?"

"당연하죠. 어쨌거나 이렇게 환영해 주셔서 다시 한 번 감사드립니다. 개별적인 인사는 차차 하기로 하고, 일단 들어들 가시죠. 조금 더 있다가는 구경꾼들로 인해 도로가 마비되겠습니다."

실제로도 무슨 일인가 싶어 지나가는 사람들이 걸음을 멈추고 구경하고 있었다.

노인은 알겠다는 듯 빙긋 웃으며 옆으로 비켜섰다. 그러나 아직 절차가 끝난 것이 아닌 모양이었다.

비켜선 노인이 꽃다발을 들고 있는 여자의 등을 떠밀었고, 여자가 내 앞을 어정쩡한 자세로 막아서는 형국이 되었다.

"와, 진짜 배우 김철이다……."

꽤 귀엽게 생긴, 그래서 화동 역을 맡게 된 것이겠지만, 여자는 꽃을 전달하는 것을 잊었는지 내 얼굴만 뚫어지게 쳐다보며 중얼거렸다.

"하하! 배우이기도 하죠. 이 꽃다발은 제 것입니까?"

"아! 네, 네!"

"고마워요."

난 뺏듯이 꽃다발을 받아들고 건물 안으로 걸음을 옮겼다. 구경거리가 되는 건 TV에서만으로 충분했다.

"이사들의 평균 나이가 많다 보니 권위적인 면을 강조하는 편이 없잖아 있습니다. 지내다 보면 차츰 익숙해지실 거예요."

로비를 지나 엘리베이터에 오르자 허진경이 환영식에 대해 설명을 덧붙였다.

"부이사장님은 다릅니까?"

"실리적인 걸 더 좋아하시죠. 저 역시 마찬가지고요."

환영식에 허종욱은 없었다.

환영식 내내 인상을 찌푸리고 있던 허진경을 봐서인지 내 귀엔 이사들과 사이가 좋지 않다고 들렸다.

지금까지 이사 임명권은 전적으로 허종욱에게 있었다. 한데 자신이 임명한 이사들과 사이가 좋지 않다?

무슨 연유가 있음이 분명했다.

'차츰 알아보면 되겠지.'

아직 사무실에도 들어가지 못한 내가 판단을 해서 누군가의 편을 드는 건 무리가 있었다.

딱히 신경 쓰고 싶지 않은 것도 있지만 말이다.

"이곳이 이사장실입니다."

20층 재단 건물의 꼭대기 층에 이사장실이 있었다.

"뭔가 클래식하군요?"

사람의 손을 탄 느낌이 없는 깔끔한 곳이었지만 전체적으로 앤티크 느낌이 드는 인테리어였는데, 책상 위에 최신식 컴퓨터만 없었다면 1990년대 초의 과거로 왔다고 해도 믿을 정도였다.

"우당이 이 건물에 자리 잡은 1992년에 인테리어를 한 곳이니까요. 본래 싹 고칠까도 했지만 어떤 스타일을 좋아하실지 몰라 일단은 그대로 뒀습니다. 책상 위에 보시면 인테리어 관련 책자가 있으니 고치고 싶으시다면 보시고 말씀해 주십시오. 며칠 내로 싹 고쳐두겠습니다."

"아뇨, 지금으로 충분합니다."

허종욱이 날 위해—그는 내 아버지를 위한 것으로 알고 있겠지만—준비한 방일 것이다.

그 오랜 기간 막 인테리어를 한 것처럼 깨끗이 관리했는데 그 정성을 생각해서라도 바꿀 수가 없었다.

"그럼 전 직원이 모이는 환영식 겸 취임식에 참석하기까지는 시간이 좀 있으니 쉬세요. 전 비서실에 있을 테니 필요하신 게 있으면 인터폰으로 말씀해 주십시오."

"커피 한 잔 부탁해도 될까요?"

"바로 준비하겠습니다. 그리고 커피 심부름도 제가 할 일이니 편하게 말씀하셔도 됩니다."

허진경은 5분도 되지 않아 단것을 좋아하는 내 취향에 맞는 커피를 가져왔다.

커피를 마시며 사무실을 꼼꼼히 살폈다. 그러다 한쪽 벽면에 있는 붙박이 서류장을 보곤 허종욱이 한 말이 생각나 중얼거렸다.

"후룩! …들었던 대로 무지막지한 양이군."

우당이 만들어질 때부터 지금까지 있었던 주요 자료들을 모아뒀는지 엄청난 서류철들이 가득 꽂혀 있었다. 그러나 서류에 대한 관심은 딱 여기까지.

20여 년간 쌓인 서류를 전부 볼 만큼 한가하지 않았고, 정 궁금하면 허진경에게 요약해 달라면 되는 일이었다.

비서는 그럴 때 쓰라고 고용하는 거 아닌가.

사무실을 구경한 난 푹신한 의자에 눕다시피 앉아 창밖을 바라보았다.

멀리 서울을 가로지르는 한강이 보일 만큼 조망이 좋았지만, 내 눈은 더 먼 곳을 바라보고 있었다.

'…이 정도면 미래가 조금은 바뀌지 않았을까?'

암적인 존재인 대통령을 암살하고, 미래의 매국노들을 처단했다. 그리고 우당이라는 단체를 만들어 은연중에 일제강점기를 잊지 않도록 사회에 경종을 울리고 있었다.

현재는 나비효과처럼 큰 변화는 없겠지만 그래도 조금은 미래가 바뀌지 않았을까?

"…한 번쯤은 확인해 봐야겠어."

지금까지 한 노력이 어떤 결과로 나타날지 궁금했다.

"그렇다면 일단 염의 에너지를 채워야 하는데……."

최근 시간이 흐르면서 자연스레 차오르는 염의 에너지를 제외하곤 별도로 노력한 적이 없었다. 그래서 미래로 가기 위해선 8개월가량의 에너지를 모아야 했다.

엘리트몹급 인물을 한 명만 잡으면 해결이 되는 일이었다. 그러나 최근 내가 노리는 인물치고 경호 인력이 적은 사람은 단 한 명도 없었다.

경호원들은 죽이지 않는다는 걸 알아서인지 아예 수십 명의 경호 인력에 둘러싸여 있다고 해도 과언이 아닐 정도였다.

사건을 조사하는 수사팀은 정작 모르고 있지만 당하는 이들은 죽은 사람들의 면면을 보고 패턴을 읽은 것이 분명했다.

덕분에 그냥 조사만 하고 물러났다.

"좀 더 철저하게 준비해야겠어……."

미래가 어떻게 변했을지 보고 싶다는 생각을 하자 다소 조급해졌지만 급하게 서두르다간 내가 위험해질 가능성이 높았다.

"…이사장님!"

고함치는 듯한 허진경의 소리에 정신을 차렸다.

"무슨 생각을 그리 깊이 하고 계세요? 몇 번 노크를 했는데 반응이 없으셔서 실례를 범했습니다."

"하하… 환영식에서 무슨 말을 해야 할까 고민 좀 했습니다."

"제가 팁 좀 드릴까요?"

"좋죠. 이왕이면 좋은 첫인상을 줬으면 합니다."

"제 말대로 하시면 대부분 이사장님을 좋아하게 될 겁니다."

"오! 어떤 팁인지 궁금하군요."

핑계를 대기 위해 꺼낸 말이었지만 그런 팁이라면 꼭 듣고 싶었다.

"누구나 아는 팁이에요. 인사말을 최대한 짧게 하시면 됩니다."

"아! 무슨 말인지 알겠습니다."

"호호! 그렇다고 할 말까지 줄일 필요는 없으세요. 자, 이제 가시죠."

난 그녀를 따라 가면서 준비해 왔던 연설문을 손봐야 했다.

"…이번에 새로운 이사장님과 함께 더 발전하는 우당을 만들도록 노력합시다. 끝으로 한 마디만 더 하자면……."

출근할 때 입구에서 말을 걸어왔던 노인은 재단의 고문이사로, 정말 직원들을 고문(?)하고 있었다. 날 소개한다는 명목으로 단상으로 나가 15분째 잔소리를 늘어놓는데, 심지어 나조차 버티기 힘들 정도였다.

'쯧… 내가 입을 열기도 전에 지치겠군.'

식을 시작할 때 나를 향해 호기심을 보이던 눈들이 점점 죽은 동태눈처럼 생기를 잃어가고 있었다.

단상 한쪽 구석에 서 있던 허진경이 나와 눈이 마주치자 어깨를 으쓱이며 쓴웃음을 지었다.

"…몇 년째 제자리걸음을 걷고 있는 우당이 이번을 계기로 완전히 탈바꿈하기를 기대해 봅니다. 마지막으로 앞으로……."

저 끝없는 돌림 연설(?)에 슬그머니 짜증이 났다.

내용 자체는 나를 중심으로 더 발전적인 우당을 만들자고 피력하고 있으니 분명 좋은 말이었다. 그러나 장담하건대 저 말을 제대로 듣고 있는 사람은 언제나 저제나 이름이 호명되길 기다리는 나밖에 없을 것이다.

"크험! 허험!"

난 목에 사레라도 걸린 사람처럼 헛기침을 했다. 단상뿐만 아니라 강당 제일 끝에 앉은 사람들도 충분히 들을 수 있는 크기였다.

한데 정작 연설 중인 고문이사는 반응이 없고 옆에 앉은 허종욱이 걱정스러운 표정으로 물어왔다.

"조금만 더 참으십시오. 곧 끝날 겁니다."

"…조금요? 이러다 준비해 온 연설문을 다 잊겠습니다."

그는 내말을 이해하지 못할 만큼 바보는 아니었다.

"TV에서 보니 기억력이 대단하시던데 그럴 리가요. 그리고 이제부터 이런 것에 익숙해지셔야 할 겁니다. 회의를 하다 보면 본론을 꺼내는 데 한두 시간 걸리는 경우도 허다합니다."

충고 삼아 한 말이겠지만 나에겐 협박보다 무섭게 들렸다.

'이거 하나는 반드시 고쳐야겠군.'

딱히 우당에 신경 쓰고 싶진 않았지만 직접 겪고 보니 이 점만은 반드시 고쳐야 할 것 같았다.

"할 말은 많지만 이만 줄이기로 하고, 우당의 새로운 김철 이사장님을 소개하겠습니다. 나오시죠, 이사장님."

마침내 내 차례가 되었다.

그렇게 말하고도 할 말이 많다고 하는 순간 어퍼컷을 날려버리고 싶을 정도였다. 하지만 난 최소한의 예의는 가지고 있었다.

"…긴 소개 감사합니다, 고문님."

"별말씀을요, 허허허!"

칭찬을 바라는 아이 같은 눈빛을 보내는 고문에게 미운 놈에게 주는 떡(?)을 던져주고 단상 가운데 섰다.

그리고 직원들을 찬찬히 둘러본다.

눈만 단상을 향한 채 각자의 생각 속에 빠져 있던 직원들의 눈이 잠깐 집중된다. 말이 길어진다면 금세 또 다른 세계로 갈 테지만.

"안녕하십니까? 오늘부터 우당의 이사장직을 맡게 된 김철입니다."

난 똑바로 서지 않고 단상을 서서히 걸어 다니며 말을 꺼냈다.

"여러분이 생각하는 것처럼 배우 김철이 맞습니다. 사인은 나중에 천천히 해드릴 테니, 일단 이 지루한 환영식부터 마치도록 하죠."

"하하하! 호호호!"

농담으로 분위기를 조금 바꾼 후 본론을 꺼냈다.

"우당이 '우리는 당신들을 잊지 않았습니다'라는 문장의 준말이라는 건 모두 아실 겁니다. 하면 그 안에 숨겨진 진정한 의미가 무엇인지 아십니까?"

우당이라는 이름을 지을 때 허종욱에게 의미까지 말하진 않았었다.

그래서일까? 직원들의 얼굴엔 궁금하다는 표정이 떠올랐다.

"그건……."

난 잠시 말을 늘어뜨렸고 강당 안의 시선이 일제히 나를 향해 집중되었다.

"과거를 잊지 말자는 뜻입니다. 또한 그러한 과거를 반복하지 말자는 뜻입니다. 한데 우리는 과연… 그분들이 목숨을 걸고 되찾아주신 조국을 잘 지키고 있는 걸까요? 그래서 미래의 후손들에게 잘 물려줄 수 있을까요?"

"……."

장난스럽게라도 '예'라는 말은 나오지 않았다.

내 말이 너무 뜬금없어서, 난해해서, 뒷말을 더 있을 것 같아 기다리고 있어서, 등등 여러 가지가 이유 때문에 그럴 수도 있었다.

그러나 풀어서 설명해 줄 생각도, 더 할 말도 없었다.

"…이상입니다."

난 허진경의 충고를 확실히 받아들이고 이행했다.

"전 서울지방검찰청장을 역임하셨던 배남순 고문입니다."

재단의 주요 인사들과 하는 첫 회의 겸 점심시간, 시작은 한 명씩 소개받는 것으로 시작됐다.

"환영식과 과~ 분한 소개 감사했습니다."

"헛헛헛! 공석이나 마찬가지였던 재단의 최고 자리가 채워지는 날인데 당연히 그래야죠! 종종 사무실에 갈 터이니 늙었다고 박대하진 말아주십시오."

"…하하, 제가 고문님을 어찌… 사무실이 정리가 되면 한! 번! 오십시오."

난 '한 번'이라는 단어를 유독 강조했는데, 용건도 없이 찾아오는 것은 사양한다는 뜻이었다.

"허허… 꼭! 그러겠습니다. 헛헛헛!"

배남순은 의미를 못 알아차렸는지, 알면서 놀리려고 그런 건지 '꼭'이라는 단어를 강조해 말했다.

"이분은 대한대학교 총장을 역임하시고 경제인연합 고문을 병행하고 계신 정무근 이사입니다."

"반갑습니다. 정무근 이사님."

"정무근입니다. 직원들이 웅성거리는 소리를 듣자니 꽤 유명한 배우시라고요? 그래서 그런지 신수가 훤하시군요."

"유명은요… 연예계에서나, 이곳에서나 신입이나 마찬가집니다. 잘 부탁드리겠습니다."

난 식사를 하러오기 전, 언제 쓰러질지도 모르는 노인들을 왜 수억 원씩의 연봉을 주면서 이사직에 앉혀놓은 건지 허진경에게 물었다.

그녀는 아주 간단하게 대답했다.

우당이 일반 기업 같은 이익 단체는 아니지만 규모가 제법 되고, 꽤 많은 돈을 움직이다 보니 정부 시책이나 새로운 법안에 민감할 수밖에 없었다. 그래서 로비스트들이 필요했는데 재단에 있는 여덟 명의 이사들이 그 로비스트 역할을 해주고 있다고 말이다.

즉 내가 이사들의 장(長)이지만 함부로 할 수는 없다는 얘기였다.

"여긴 독립운동가 지원부의 황균성 부장입니다."

"반갑습니다. 김철입니다."

이사들의 소개가 끝이 나자 각 부의 부장들의 소개가 이어졌다.

확실히 자신들을 을(乙)이라고 생각해서인지 부장들은 새파란 나에게 꽤 극진한 태도를 보였다.

허종욱과 여덟 명의 이사, 열세 명의 부장들과 간단한 인사를 끝내고 자리에 앉자 음식이 나왔다.

"전임 이사장님께서는 왜 한 번도 재단에 나오지 않으셨는지 모르겠군요."

한술 뜨는데 배남순 고문이 말을 걸어왔다.

난 듬뿍 떴던 밥을 다시 밥그릇에 놓고 대답했다.

"자리에 앉는 걸 유독 싫어하셨습니다. 그리고 무엇보다 부이사장님을 신뢰하셨습니다."

"허어……! 많은 돈을 기부하시고 그러기 쉽지 않으셨을 텐데… 그리고 요즘 같은 세태에 누군가를 전적으로 믿는다는 게 불가능하지 않습니까. 하지만 한편으로는 선친께서 어떤 의미로 재단을 만드셨는지는 알 것 같습니다. 정말로 순수한 기부였을 테지요. 저희는 그분의 유지를 힘닿는 데까지 따르는 것이 도리겠지요."

딱히 틀린 말은 아니었는데 어감이 묘했다.

마치 순수한 기부였으니 지금까지처럼 운영에 신경 쓰지 말라는 듯한 뉘앙스가 느껴졌다.

　원래 그럴 생각이었는데 고작 월급쟁이 이사에게 그런 말을 듣고 있자니 반발심이 생겼다.

　"저도 제대로 이해하지 못한 아버지의 뜻을 이해해 주시는 분이 계셨군요. 당신께서 이사님들이 그런 생각을 하고 계셨다는 걸 알았더라면 분명 재단에 한 번쯤은 들르셨을 겁니다."

　"헛헛! 그랬으면 얼굴이라도 뵈었을 걸 아쉽군요."

　난 아버지와 다르다는 것을 간접적으로 말했고, 배남순 고문은 또다시 묘한 말로 대답했다.

　이렇게 말하는 건 결코 내 스타일이 아니었다. 하지만 그렇다고 첫 만남부터 성질대로 할 수도 없지 않은가.

　"한데 아까 연설을 했을 때 이해하지 못한 부분이 있었는데 말입니다."

　배남순 고문과 말을 마치고 다시 숟가락을 들려고 할 때 정무근 이사가 말을 걸어왔다.

　'아, 젠장! 밥 좀 먹자!'

　속마음과 달리 난 싱긋 웃으며 대답했다.

　"어떤 부분을 말씀하는 건지?"

　"조국을 잘 지키고 있느냐고 말한 부분 말입니다. 해방과 동시에 비록 민족 분단의 아픔을 겪긴 했지만 우리 세대는 나름 조국을 행복하게 만들기 위해 많은 노력을 해왔다고 자부합니다. 그런데 이사장님 말씀엔 그렇지 않았다는 책망이 담겨 있는 것 같아 묻는 겁니다."

특정 세대를 두고 한 말이 아닌, 나라의 일에 너무 무관심한 세대 전체를 아울러 말한 것이었다.

물론 충분히 오해하고 제기할 수 있는 화두였기에 성실히 답해야 했다.

"나라를 위해 애쓰셨던 분들을 모욕하고자 하는 말이 아닙니다. 그저 서서히 목을 조여오는지도 눈치채지 못하고 나랏일에 너무 무관심한 이들이 답답해 한 말일 뿐입니다."

"그렇습니까? 젊은 분답지 않게 정치 쪽으로 관심이 많으신가 보군요?"

"멀리하고 싶지만 차마 멀리하지 못하는 이유가 있어서……."

"그럴수록 가까워져야죠. 간혹 들러 정치와 경제 분야에 대해 얘기를 나누었으면 합니다."

"…네네."

이사장실에 꿀단지가 있는 것도 아닌데 왜 이렇게 찾아오겠다는 건지…….

아, 내가 꿀단지인 건가?

이후로도 이사들은 밥을 제대로 먹지 못하게 한 마디씩 건넸고, 그때마다 숟가락을 놓아야 했다.

"…소화제 드릴까요?"

겨우 점심 식사를 끝내고 식당을 나오자 허진경은 100년 전통의 소화제를 손에 들고 흔들어 보였다.

"…내가 소화가 안 되는지 어떻게 알았습니까?"

"부이사장님이 이사님들과 식사를 하고 나면 꼭 소화제를 찾으셨거든요."

꽤 의미심장한 얘기였지만 일단은 소화를 시키는 게 우선이었다. 난 허진경의 손에 있는 소화제를 낚아채 얼른 마셨다.

"꺼억!"

트림이 나왔지만, 얹혀 있는 무언가는 쉽게 내려가지 않았다.

'얌전히 자리만 지킬 생각이었는데……'

왠지 그렇게 되지 못할 것 같은 느낌이 강하게 들었다.

제2장

미래가 궁금해

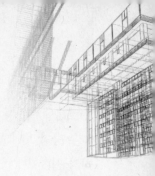

"형님, 아니, 이사장님! 서류가 그리 재미있으십니까? 어떻게 이틀 내내 그것만 보실 수 있는 겁니까?"

"석두, 아니, 석훈아, 닥치고 있든지 아님 제발 좀 가라. 도대체 회사 일은 언제 할 생각이냐?"

소파에서 빈둥대며 약 올리듯 말하는 석훈을 보고 있자니 짜증이 났다.

첫날 이사들과의 식사 후 우당에 대한 나의 생각이 그저 지켜보자는 쪽에서 조금 알아보자는 쪽으로 바뀌었다.

이사들 몇몇이 은근히 나를 배척하려는 느낌이 들었기 때문이었는데, 그들의 행동은 손님이 주인을 쫓아내려는 것처럼 보였다.

그래서 허진경이 아침마다 보여주는 모든 스케줄을 취소하고 우당의 20년 세월 동안 이사장실에 쌓여 있는 서류와 씨름하기 시작했다. 한데 그 삼 일간 석훈이 매일같이 찾아와 사무실에서 빈둥대고 있으니 나의 인내심이 바닥을 보이는 건 당연했다.

"그동안 열심히 했잖습니까? 그리고 공채로 뽑기로 해서 지금 딱히 할 일이 없기도 하고요."

"그럼, 집에 가서 잠이나 자."

"형님, 아니, 이사장님도 참……."

"호칭도 형님으로 하든 이사장으로 하든 한 가지로 부르고!"

허진경에게 재단에서는 이사장이라는 호칭을 사용하라는 말을 듣고 저런다는 건 알고 있지만 서류를 너무 봐서 짜증 지수가 높다 보니 자연스레 목소리도 커졌다.

그러나 석훈은 의뭉스럽게 말대답을 했다.

"제가 괜히 여기에 와 있는 줄 아십니까? 다 형님이 시킨 일 때문 아닙니까?"

"내가 시킨 일?"

"왜, 있잖아요. …저기 밖에 있는 사람에 대해 알아내라면서요."

"…뒷조사를 하라고 했더니 앞 조사를 하려고? 좋아! 백번 이해해서 그렇다고 치자. 도대체 어떻게 알아낼 건데?"

"제가 꼬실 겁니다."

"……"

"침대 위에선 비밀이 없는 법이죠."

"…하하! …하하하! 하하하하핫핫! 크큭! 큭큭큭큭!"

염원이었을 때부터 지금까지 들어본 얘기 중에 가장 웃긴 얘기였다.

난 눈물이 날 정도로 신나게 웃었다.

"큭큭큭! 내 기분을 풀어주기 위해 한 얘기라면 성공했다."

"진심입니다!"

석훈은 웃고 있지 않았다. 진심이라는 소리.

"…진짜?"

"예! 정말입니다."

"…허 비서가 너랑 여덟 살이나 차이 난다는 건 아냐?"

"제가 노안이니 괜찮습니다."

"…그래, 나이는 일단 둘째 치자. 너, 허진경이 무슨 대학 나왔는지 아냐?"

"아직은 모릅니다."

"하버드다."

"사랑엔 국경도 없다고 했는데 그깟 학력이 문제가 되겠습니까?"

"내가 보기엔 아마도."

"상관없습니다. 제가 꼭 해낼 테니까요!"

석훈이 석두로 불리게 된 이유는 싸울 때 주로 머리를 사용해서이기도 했지만, 저 근거 없는 자신감에서 나오는 똥고집 때문이기도 했다.

일단 고집을 부리면 소귀의 경 읽기가 아닌 아예 돌덩이에 경 읽기였다.

나도 꺾지 못하는 쇠고집. 그래서 그냥 수긍하는 수밖에 없었다.

"그, 그래, 열심히 해봐라."

안젤리카 때처럼 쓴맛을 봐야 멈출 것이다. 아니, 더 큰 상처를 받게 될 게 빤히 보였다.

"난 바람이라도 좀 쐐야겠다."

석훈이 때문에 집중력이 완전히 깨져 버렸다.

"운동하고 바로 퇴근할 테니 허 비서도 시간 되면 퇴근해요."

사무실을 나와 비서실에 앉아 일을 하고 있는 허진경에게 말했다.

"한동안은 같이 다니시는 편이 좋지 않겠습니까?"

"침대까지 따라올 생각 아니라면 나에게도 자유 시간을 줘요."

"정말 한시도 여자 없이는 못 사시나 보군요? 뭐, 원하신다면 기꺼이……."

"농담이에요!"

"…아쉽네요. 돈 많은 남자의 코를 꿸 수 있는 좋은 기회였는데."

허진경은 농담도 무표정한 표정으로 무섭게도 했다.

"단 미성년자만 조심하세요. 기사에게 입구에 대기하라고 말해두겠습니다."

"…그냥 조금 걸을 생각입니다. 참, 안에 있는 석훈이에게 우당에 대해 교육 좀 시켜줘요."

"…이쪽 일도 시킬 생각이십니까?"

"가능하다면요."

"명령이십니까?"

"그래요."

부탁이라고 말하면 거절할 것이 분명했다.

우당에서 나온 난 큰길에서 벗어나 목적지를 향해 걸었다.

"…꺅!"

"김철이다! 와, 실물이 훨씬 낫네……."

연예인이 길을 걸으면 인산인해를 이루어 걸어 다니기 힘들 것이라 생각하겠지만, 실상은 그렇지 않았다.

알아보지 못하는 사람들이 많았고 혹 알아보더라도 흘깃거리며 지나가거나 자신들끼리 쑥덕거리며 잠깐 바라볼 뿐이었다.

물론, 간혹 불쑥 튀어나와 같이 사진을 찍자거나 사인을 부탁하는 경우도 있었다.

그땐 사람들이 많은 곳이면 그냥 일이 바빠 미안하다고 하곤 지나쳤고, 인적이 드문 곳이면 흔쾌히 그들의 요구를 들어줬다.

일단 사람이 많은 곳에서 걸음을 멈추면 그땐 너도 나도 호기심에 걸음을 멈추게 되고, '저 사람도 받는데 나도 사인이라도 받을까?'라는 생각을 가지는 사람들이 많아지면서 발이 묶일 가능성이 높았다.

"미안합니다. 지금 통화 중이라……."

귀찮을 땐 통화를 하는 척 전화기를 들고 다니는 것도 방법이었다.

어쨌든 여중, 여고생들 때문에 몇 번이나 걸음을 멈춰야 했지만 목적지 근처까지 오래 걸리지 않아 도착할 수 있었다.

목적지는 상위 0.1퍼센트가 산다는 고급 빌라촌.

'어떻게 들어간다…….'

빌라촌이 지척이었으나 난 더 이상 접근하지 못하고 괜스레 웃기게 앞을 서성거리며 곁눈질을 할 뿐이었다.

겉으로 보기엔 그저 주변의 다른 건물들보다 나은 빌라촌이었지만 입구는 물론이고 주변 20미터까지 사각지대가 없을 정도로 CCTV로 도배되어 있었다.

'나올 때를 노려야 하나?'

한참을 바라봤지만 도무지 틈이 보이지 않았다. 밖에서도 이럴진대 안은 또 얼마나 삼엄할지.

가면을 쓰고 무데뽀로 밀고 들어가 볼까도 생각해 보지만 외출을 할 때 데리고 다니는 경호원의 수를 봤을 땐 아예 경호원까지 제거한다면 모를까 내가 당할 가능성이 높았다.

'계획을 짜려고 왔는데 헛걸음했군. 자주 밖에 나오는 인간은 아니지만 그때를 노리든가, 아니면 포기하는 게 낫겠어.'

빌라촌 안이라도 구경한다면 모를까 이대로라면 차라리 다른 인물을 노리는 편이 나았다.

착잡한 마음을 감추고 다시 재단으로 돌아가려 할 때였다.

빵빵!

날렵하면서도 짙게 선팅된 외제 스포츠카가 내 옆으로 와 멈추며 경적을 울렸다.

"…오랜만이네, 잘 지냈어?"

차창이 내려가고 익숙한 얼굴이 인사를 건넸다.

최정연이었다.

"덕분에 잘 지내. 너도 잘 지내지? 요즘 영화 찍고 있다는 얘기는 들었어."

"잊고 싶은 것이 있을 때는 바쁘게 지내는 게 최고니까. 한데 여긴 웬일이야?"

"잠깐 바람 쐬러 나와서 걷다 보니 여기네. 그러는 넌 이 동네엔 웬일이야? 촬영 장소가 근처였어?"

"아니, 요즘 부모님 집에 와 있거든."

"…어디?"

순간, 최정연의 부모라면 내가 노리고 있는 빌라촌에 살지 않을까라는 생각이 머리를 스쳤다.

"저기 뒤쪽에 있는 빌라. 오랜만인데 차라도 한잔할까?"

"그래?"

역시나 최정연이 가리키는 방향은 내가 들어가고 싶어 하던 빌라촌이었다.

"누가 잡아먹니? 길에서 그러지 말고 일단 타. 싫다고 하면 내려줄게."

잠깐 생각하는 사이, 그녀는 문을 열어주며 말했고 난 일단 차에 올랐다.

'잘하면……'

순간 최정연을 이용하면 빌라 내부로 쉽게 들어갈 수 있을 것 같다는 생각이 들었다. 하지만 곧 고개를 저었다.

착한 놈은 아니지만 한때 호감을 가졌던 최정연을 이용하고픈 생각은 들지 않았다.

"어디 갈까?"

"조용한 데 없으면 아예 사람들이 많은 곳으로 가자. 요즘 인기가 좀 올라서인지 파파라치가 붙어서 떨어지질 않네."

"그네들도 평소에 잘 안 붙어. 보통 크리스마스나 생일, 밸런타인데이나 화이트데이 같은 특별한 날엔 총출동하지만."

오랜 연예계 생활 때문인지 최정연은 이런 자잘한 정보를 잘 알았다.

"그래도 조심해서 나쁠 건 없지. 요즘 핫한 너니까 평소에도 붙어 있을 수도 있어. 음, 어디가 좋을까?"

고민을 하는 모습에 몇 번 간 적이 있는 카페로 가자고 말하려는데 그녀가 먼저 입을 열었다.

"…우리 집에 갈래?"

"…열애설 터진 지가 조금 되긴 했지만 위험하지 않겠어?"

"내가 살던 덴 어차피 못 가. 부모님이 문을 바꿔 버렸거든."

"그럼 어디?"

"정확하게는 부모님 댁. 아, 물론 지금 두 분은 안 계셔. 외국에 나가셔서 보름 후에나 돌아오시거든."

일이 잘 풀리려는 건지 착한 마음을 먹은 것에 대한 신의 보답인지 빌라촌 안으로 들어갈 기회가 생겼다.

자발적으로 데려간다니 마다할 이유가 없었다.

빌라촌은 입구부터 내가 생각하는 것보다 훨씬 경비가 삼엄했다.

손님의 경우 신분을 밝혀야 함은 물론이고, 아무리 얼굴을 교묘하게 감추려 해도 얼핏 봐도 여러 개의 카메라가 다양한 각도로 찍고 있어 숨길 길이 없었다.

게다가 안으로 들어가자 한 걸음마다 CCTV가 있다고 할 정도였다.

"휘~익! 철옹성이 따로 없네. 한데 아무리 안전을 위해서라고 하지만 CCTV가 많으면 사생활 침해가 심하지 않아?"

"나도 그렇게 생각해. 한데 부모님은 안전을 위해선 어느 정도 감수해야 한다고 생각하셔. 아마 여기 사는 사람들 대부분이 그런 안전함 때문에 이곳에서 산다고 해도 과언이 아닐걸?"

"그래도 너무 심하다……."

침투를 걱정해 하는 말이다 보니 내 말에 살짝 짜증이 담겨 있었나 보다. 주차를 하던 최정연이 변명처럼 말을 더했다.

"예전엔 이만큼은 아니었어. 작년부터 심해지기 시작하다가 최근엔 경비원 수도 배로 늘린 모양이야."

내가 한 일이 미래를 바꾸는 것 말고도 고용 촉진을 일으킨 모양이다.

"난 숨이 막혀 이런 곳엔 못 살겠다."

"들어가자. 입구까진 많지만 엘리베이터부턴 개인적인 공간이니까."

고급 빌라촌은 겉으로 보기엔 경비가 삼엄할 뿐이지 '고급'이라는 이름값을 하지 못했다. 하지만 내부는 화려함의 끝을 보는 듯했다.

하지만 잠시 '이렇게 사는 사람도 있구나' 하는 정도지, 내 관심을 끌진 못했다. 오히려 화려함보다는 구조가 궁금해 두리번거렸다.

'빌라 한 동에 두 집이 사는 모양이군.'

천장의 샹들리에로 높이를, 거실과 한쪽에 위치한 부엌으로 너비를 짐작했다.

모두 같은 모양의 건물이고, 위험 때문에 구조변경을 심하게 하진 않았을 터. 목표물이 사는 곳도 이곳과 비슷하다고 보면 될 것이다.

'쯧! 첩첩산중이군. 이래서야 침입을 해도 문제네……'

구조상 거실에 몇 명만 있어도 들키지 않고 침입할 수가 없었다.

"…쩝!"

"부모님은 소탈한 편이셔. 옆 동네 아버지 지인분이 계시는데 그분은 한 동 전체를 궁처럼 꾸미고 사셔."

내 혀 차는 소리를 오해했나 보다.

그녀의 오해를 풀기 위해 가타부타 말을 하진 않았다. 다만 '소탈'이라는 단어가 어울리지 않는다는 생각만 들 뿐이었다.

"아가씨, 성은 아가씨를 만나러 가신다더니 다시 들어오셨어요?"

50대 초중반쯤 되어 보이는 아주머니가 부엌에서 나왔다.

"근처에서 이 친구를 만나서 잠깐 차 마시러 들어왔어요. 인사해, 이분은 내가 애기 때부터 함께한 유모. 여긴 친구인 김철."

"아! 아가씨가 애달프게……."

"유모! 쓸데없는 소린 거기까지! 우린 내 방에 있을 테니까 커피 두 잔 부탁할게요. 물론 엄마, 아빠한테는 비밀인 건 알죠?"

"호호! 네네, 친구분 만난 게 얘깃거리나 되나요? 올라가 계세요. 금방 갖다 드릴게요."

"헤헤. 고마워요. 아, 참! 그리고 이 친구 커피는 좀 달게 부탁해요."

"시럽을 따로 준비할게요."

오래전부터 있던 사람이라 그런지 마치 친한 모녀지간처럼 보였다.

"안녕하세요. 정연이의 친구인 김철입니다."

"아, 네, 전 피고용인일 뿐이라 굳이 인사를 안 하셔도 돼요."

"정연이가 친근하게 대하는 분인데 그럴 수야 있나요. 아무튼 갑작스럽게 들이닥쳐서 죄송합니다."

"별말씀을요. 올라가세요."

아주머니는 내 인사에 겸연쩍어하면서도 기분이 나쁘진 않는지 미소를 짓고 있었다.

"칫! 하여간 타고났어."

2층으로 올라가는데 최정연이 장난스럽게 말했다.

"뭐가?"

"여자 마음 훔치는 거 말이야. 아줌마가 낯선 사람을 보고 웃는 거 처음 봐."

"별소릴 다 한다. 네 친구라 그런 거겠지. 그리고 정작 한 사람의 마음은 훔치지 못한 것 같은데?"

"……."

"여기가 네 방이야?"

그녀의 표정을 보곤 아차 싶어 말을 돌렸다.

간만에 만난 그녀와 괜히 어색하게 되긴 싫었다.

최정연의 방은 예전에 지내던 곳과 크게 다르지 않았다. 집의 크기를 생각한다면 적당했는데, 가장 마음에 드는 곳은 밖이 보이는 발코니였다.

"여기 마음에 든다. 저쪽 건물에서 보여서 싫은가?"

"밖에선 안 보이는 구조라 상관없어."

"좋네."

난 창이 신기한 듯 만져보았다. 그러나 사실 어떤 구조인지 관심이 없었다. 그저 마음 편하게 밖을 볼 수 있어 좋을 뿐이었다.

"…잘 지냈어?"

아주머니가 가져다준 커피를 한 모금 마신 최정연은 한참을 머뭇거리더니 아까와 같은 질문을 했다.

물론 이번엔 조금 다른 의미로 물은 것이겠지만.

난 솔직히 대답했다.

"괜찮았어. 짧지만 다른 여자도 만났고."

"아, 그 러시아 모델……?"

"어떻게 알았어?"

"누, 누가 얘기해 줬어. 한데 지금도 만나?"

"아니. 한시적인 만남이었어. 그 애 러시아에 남자 친구가 있었거든."

"그 애 말고 다른 여자는?"

"없어. 바쁘기도 하지만 요즘은 딱히 연애하고픈 생각이 없거든."

처음엔 쪽팔리긴 했지만 류성은에게 진 것이 나에겐 좋은 자극제가 되었다.

웬만해서는 호흡법을 빼먹지 않았고, 특히 음기를 채우는 저녁 호흡법은 시간을 두 배로 늘릴 정도였다.

그래서 양과 음이 서서히 균형을 맞춰가는 건지 최음제를 먹은 듯 강렬했던 성욕은 거의 발생하지 않고 있었다.

물론 완전히 사라진 것은 아니었지만, 충분히 자제할 수 있는 수준이었다.

"우리… 다시 시작할까?"

"응?"

말을 하면서도 창밖의 모습에 시선을 고정하고 있던 난 최정연의 뜻밖의 말에 시선을 돌렸다.

"지난번 일은 내가 좀 경솔했어. 그러니 다시 시작하자."

"이렇게 갑작스럽게……."

"지금 당장 대답하지 않아도 돼. 천천히 생각해 보고 말해줘."

최정연은 나와 만날 때도 언제든 헤어져도 상관없다는 태도로 일관할 만큼 언제나 당당하고 자신감이 넘치던 여자였다.

한데 지금 모습은 왠지 모르게 짠한 느낌이 들 만큼 약해 보였다.

"글쎄, 지금에 와서 다시 사귄다면 대중들이 그럴 줄 알았다고 떠들어댈 텐데?"

"누가 뭐라 떠들든 상관없어."

"마음이야 언제든 변할 수 있는 거지만 그때완 너무 다르니 혼란스럽다."

"…할아버지 때문이었어."

최정연은 그녀의 할아버지와 우당과의 관계에 대해 말하기 시작했다.

꽤 장황했지만 요점은 과거 일제강점기 때 일본군에 물품을 납품하는 업자였던 그녀의 할아버지가 우당의 매국노 인명록에 등록되어 있다는 것이었다.

"…할아버지는 어쩔 수 없이 한 일이었고, 당시 음으로 많은 이들을 도우셨다고 해. 그래서 해방 이후에 사면을 받은 것이고."

"이의를 제기하면 되지 않았어?"

"수도 없이 하셨어. 한데 우당 측에선 할아버지가 말하는 것은 증거가 없어 등록 취소는 절대 불가하다는 말만 되풀이

할 뿐이었어. 그런데 내가 우당의 이사장의 아들과 사귀게 된다는 걸 아셨으니……."

미묘한 문제였다.

특히 내 존재 자체가 애국자들의 염원으로 생성되어서인지 매국노라는 단어는 불쾌를 넘어 분노하게 만들었다.

그러나 그 화를 당사자도 아닌 그 자손인 최정연에게 낼 수는 없는 일이었다.

"그건 내가 한번 알아볼게. 근데 할아버지 생각이 바뀌기라도 한 거야?"

"아니, 하지만 신경 안 쓰기로 했어. 할아버지께서 내 인생을 대신 살아줄 것도 아니잖아?"

사랑은 차가운 이성을 가친 채 할 수 없다고 누군가가 말했다. 그 말처럼 최정연은 지금 사랑의 열병으로 이성을 상실한 것처럼 보였다.

한편으론 그녀의 마음이 고마웠다.

또한 나 역시 그녀가 싫지 않았다.

그러나 이젠 내 자신을 염이 아닌 김철이라고 생각할 정도로 인간이 되었지만, 집안의 반대를 극복해 가며 구구절절한 사랑을 하기엔 할 일이 많았다.

"무슨 말인지 잘 알겠어. 근데 예전으로 돌아가기엔 힘들지 않을까?"

"역시나……. 이왕 비참해진 거, 하나만 더 물을게. 내가 매국노의 손녀라 싫어?"

"아니, 그런 건 아냐. 다만……."

"거기까지면 됐어. 좋아! 일단은 친구 사이로 지내자. 예전
과 달리 서로에게 얽매일 필요 없이, 자유롭게 연애를 해도 좋
은 그런 관계. 헤어진 것이 아닌 한 발짝 물러난 관계. …괜찮
지?"

예전처럼 강하게 말하고 있었지만 표정과 눈빛이 너무 슬퍼
보여 딱 잘라 안 된다고 말할 수가 없었다.

메마른 놈이지만 모진 놈은 되지 못하는 모양이다.

"…그래."

속으로 모질지 못한 스스로를 욕하며 시선을 창 너머로 돌
렸다. 그녀나 나나 잠깐의 침묵이 필요했다.

그때, 목표물이 경호원들을 대동한 채 지나가는 것이 보였
다.

'놈이다!'

내가 뚫어지게 보고 있음을 느꼈을까? 목표물 역시 밖에서
볼 땐 불투명하게 보일 창을 뚫어지게 쳐다보고 있었다.

＊   ＊   ＊

"뭔가 이상한 것이라도 있습니까?"

며칠 전 멀리서 보기에도 눈을 확 잡아끄는 미녀가 있던 발

코니를 바라보던 송경수는 비서의 말에 불투명한 창에서 눈을 뗐다.

"저곳은 누구의 집이지?"

"오두투자 최상문 사장의 집입니다."

"최만석 회장의 오두그룹?"

"예, 최 회장이 늘그막하게 얻었다는 막내아들이 최상문입니다. 그리고 그 딸이 유명 배우인 최정연입니다."

"그래……."

최정연을 모르는 남자가 대한민국에 몇 명이나 될까. TV를 거의 보지 않는 송경수도 잘 알고 있었다. 특히 헤프다는 소문에 기회가 된다면 꼭 자보고 싶은 여자이기도 했다.

'지금은 환상에 불과하지만 하고 있는 일이 성공한다면 가능성이 있을지도…….'

물론 성공한다고 해서 최정연과 잘 수 있을 가능성은 거의 없었다. 하지만 꿈을 꾸는 것이야말로 그의 삶의 원동력이었다.

"가지."

달콤한 상상은 여기까지였다.

현재 그가 하고 있는 일은 가까운 미래의 대한민국을 좌지우지하는 일이었고, 그러기에 반드시 성공시켜야 할 일이었다.

"참, 지난번에 말씀드렸던 국정원 직원이 다시 연락해 왔는데 어떻게 할까요?"

"아, 대통령 암살 사건을 조사 중이라는 자들 말인가?"

"예. 범인이 노리는 다음… 타깃이 실장님일 가능성이 높다고……."

"쯧! 공식적으로는 해결된 일일 텐데 대놓고 설치고 다니다니… 국정원장에게 선거에 집중할 때라고 그렇게 말했건만……. 쯧쯧쯧!"

"원장의 말로는 권한대행이 만든 별개의 조직이라 지시했던 일은 문제없이 진행되고 있다고 합니다.

원장이라 함은 국정원장을, 권한대행이라 함은 현 임시 대통령을 말하는 것이었다.

"한데 다음 타깃이 나라고 한 이유는 뭐라든가?"

듣지 않았다면 모를까, 수많은 경호 인력을 뚫고 전임 대통령까지 암살한 범인이 자신을 노린다는데 불안하지 않다면 거짓일 것이다.

"거기까지는……."

"하긴, 고작 짐작하는 것을 나불거리진 않았을 테지. 좋아! 보자고 하게."

"언제가 좋으시겠습니까?"

"이왕 보기로 한 거 빠를수록 좋겠지. 당장 오라고 하게. 과연 무슨 말을 할지 궁금하구먼."

송경수가 지시를 내리자 비서는 지체하지 않고 전화를 걸었다.

"한 시간 내로 오겠답니다."

"그럼 그때까지 선거공약에 대해 얘기하도록 하지."

"다녀오셨습니까?"

빌라 입구를 지키고 있던 경호 4팀장이 옆으로 비켜서며 물었다.

현재 그를 지키고 있는 경호원 수는 총 스무 명.

4팀은 그가 외출 시 집 주변을 감시하는 역할을 맡고 있었다.

"아무 일 없었나?"

평소라면 그냥 지나갔을 그였지만 범인이 노린다는 얘기를 들어서인지 한번 묻게 되었다.

"예, 동네 아이들 중 몇 명이 술래잡기를 하다 이쪽으로 오긴 했지만 저희를 보곤 바로 돌아갔습니다."

"그래, 고생하게."

송경수는 형식적인 말을 건네고 집으로 들었다.

1층은 4개 팀의 경호원들이 돌아가며 지내는 곳이었고, 그가 주로 지내는 곳은 2층이었다.

2층은 경호원들도 일이 있기 전까진 절대 출입 금지였고 오직 한 사람, 그의 비서만이 올라올 수 있었다.

"으흐~ 역시 집이 최고야."

송경수는 소파에 눕다시피 몸을 기대며 넥타이를 느슨하게 풀었다.

"차라도 한 잔 드릴까요?"

"됐네. 데스크 팀이 만든 공약집이나 줘보게."

"예. 여기 있습니다."

비서가 내민 건 태블릿 PC를 내밀며 말을 이었다.

"총 100여 개의 대선 공약을 만들었고 그중 괜찮은 것을 추려 다섯 종류의 공약집을 만들었습니다."

"데스크 팀이 고생했겠군."

송경수는 테이블에 있는 돋보기를 쓰고 공약집을 읽기 시작했다. 한데 손가락으로 페이지를 넘길 때마다 그의 표정은 점점 일그러져 갔다.

"…별로 마음에 드시지 않나 봅니다?"

비서는 조심스럽게 물었다.

"쯧쯧! 이거, 너무 약해. 쓸 만한 것이 몇 개 없어."

"나름 새롭고 실현 가능한 정책들을……."

"자네, 내 밑에서 몇 년 있었지?"

"…7년 됐습니다."

"벌써 그리됐나? 한데 그런 것치곤 너무 순진하군. 현재 우리가 하고 있는 일이 뭔가?"

"대표님을 이 나라의 수반으로 만드는 일을 하고 있습니다."

"그래. 지금까지처럼 대표일 땐 지금과 같은 공약이 좋아. 실현 가능한 것들이니 딱히 흠잡을 데도 없고. 한데 대선일 때는 얘기가 달라."

"가르침을 주십시오."

비서는 송경수의 비아냥거림이 기분 나쁠 만도 할 텐데 표정 관리가 좋은 건지, 정치계 물을 먹어서인지 얼굴색 하나 바뀌지 않고 가르침을 청했다.

"대선은 이기든 지든 그걸로 끝이야. 이기면 최고 권력자가 되는 것이니 공약을 안 지킨다고 뭐라 할 사람이 있겠는가? 물론 야당이나 일부 매체에서 짖어대겠지. 하지만 그게 뭐? 지들이 어쩔 건데? 그냥 귀 닫고 야당의 약점만 공략하면 되는 일이야. 불통 대통령이란 소린 듣겠지만 그건 지금까지 모든 대통령들이 들었던 소리니까 국민들은 신경도 쓰지 않을 거야. 그리고 만에 하나, 지면?"

"진 사람의 공약 따위를 기억하는 사람은 없겠죠."

"맞아! 그러니 국민의 취향에 맞는 것이라면 어떤 공약이라도 좋아. 과거 정권이나 야당이 제안했던 정책이라도, 아님 얼토당토않다고 했던 정책이라도 그럴싸하게 포장만 하면 된다는 소리야."

"무슨 말씀인지 이해가 됐습니다. 하루만 주신다면 다시 만들어 올리라고 하겠습니다."

송경수는 그의 태도가 마음에 드는지 굳어 있던 얼굴을 풀곤 공약집을 다시 넘겼다.

그러다 마음에 드는 것을 찾았는지 돋보기를 고쳐 쓰곤 말했다.

"미래 경제라……. 이 단어 좋군. 어쩌면 대선을 관통하는 단어가 될 수도 있겠어."

"그 역시 보완해서 다시 올리겠습니다."

"미래 경제라는 단어를 화두에 두고 짜보도록 해. 공약에 대해선 여기까지 하지. 잠깐 쉬고 있을 테니 국정원 애들 오면 말하게."

송경수는 품속에 있는 전화가 진동을 울리자 빠르게 상황을 정리하고 자신의 방으로 들어갔다.

그리고 누가 들을세라 아무도 없는 방을 두리번거리다 전화를 받았다.

"예, 대표님!"

그는 전화를 건 사람이 옆에라도 있는 듯 공손하게 대답했는데, 상대의 사회적 지위를 생각한다면 그의 공손함은 당연했다.

현 여당 대표이면서 당내 가장 유력한 대선 후보이자 유력한 대통령 후보인 정희원이었다.

─바쁠 텐데 전화한 거 아닌가?

"바빠도 대표님 전화를 받지 못할 정도는 아닙니다."

─다행이군. 난 자네가 없으면 불안해서 아무것도 못 하지 않나.

정희원의 말에 송경수는 만족스럽다는 듯 미소를 지으면서도 겸양을 잊지 않았다.

"그게 아니라 대표님께서 절 중히 써주시는 것이죠. 저야말로 대표님이 옆에 없으시면 아무것도 하지 못합니다."

사실 정희원이 늦은 나이에 정치에 입문했을 때부터 뒤에서 그를 제어하던 이가 송경수였다.

그가 여당이 위기 때마다 선거를 이기게 만들어 '선거의 황제'라는 별명을 가지게 된 것도 순전히 송경수의 작품이었다.

'스스로 생각하고, 행동하면 내가 곤란하지.'

지금까지 정치적인 문제뿐만 아니라 여자 문제, 집안 문제, 개인적인 대소사까지 모든 것을 그가 챙겨준 것은 자신이 없으면 아무것도 하지 못하는 꼭두각시로 만들기 위함이었다.

─허허! 우리 사이에 겸양은……. 그건 그렇고 신대건에 대한 작업은 어떻게 되어가고 있나?

신대건은 임시 대통령인 이대신이 내세우고 있는 인물이었다.

퇴임 후를 생각한 듯 취임 후 얼마 되지 않아 박명수 대통령이 저질렀던 갖가지 비리를 파헤치며 자신이 허수아비가 아님을 보여주었다.

그리고 그렇게 해서 생긴 힘으로 여당을 압박해 자신의 사람인 신대건을 대통령 후보로 내세우게 된 것이다.

"너무 걱정 마십시오. 검찰과 국정원이 대표님의 손아귀에 있습니다. 그리고 신대건, 그자는 정치에 입문한 지 고작 5년도 되지 않은 햇병아리에 불과하지 않습니까?"

─나 역시 그렇게 생각하지만 쉽게 볼 상대가 아냐. 오늘 당사에서 만났는데 무척이나 거들먹거리더군.

'젠장! 고작 그딴 일로……. 갈수록 유치해지는군.'

의도대로 정희원을 꼭두각시로 만드는 것까지는 좋았는데, 어린아이처럼 구는 경향이 없잖아 있었다.

그러나 생각과 달리 그는 목소리를 높이며 그의 말에 동조했다.

"그렇습니까? 족보도 없는 놈이 건방지게! 국정원에 연락해서 흠이 될 만한 몇 가지를 풀라고 하겠습니다."

─그래주겠나? 허허! 역시 자네가 네 장자방일세.

"대표님의 그늘에서 호가호위하는 것뿐입니다."

─별소릴 다 하는군. 한데 신대건 쪽에서 그런 일을 당하면 가만히 있겠는가? 분명 우리 쪽에서 그런 일을 했다 생각하고 내 흠을 찾으려고 할 텐데…….

"예전에도 말씀드렸듯이 대표님의 흠을 찾는 건 모래사장에서 바늘 찾는 것보다 더 어려울 겁니다. 그리고 설령 의심을 할 만한 것을 찾았다 해도 증거는 어디에서도 찾을 수 없을 겁니다."

─아! 그러고 보니 증거가 될 만한 것은 자네가 모두 처리했다고 했었지? 그렇다면 안심일세. 조만간 집으로 오게. 내 거하게 한잔 쏘지.

"좋은 소식이 방송을 타는 날 찾아뵙겠습니다."

송경수는 자신이 알려지는 걸 극도로 숨기고 있었다. 아마 정희원이 대통령이 되고 퇴임하는 날까지도 그의 이름이 신문지에 오르내리는 일은 없을 것이다.

그림자이기 때문이 아니었다. 원래 세상을 조롱하는 진짜 종 보스는 끝까지 얼굴을 숨기고 있는 법이라고 송경수는 생각하고 있었다.

"모두는 아닙니다. 검은 머리 짐승은 믿지 말라고 제 선친께서 말씀하셨거든요."

끊긴 전화기를 바라보며 송경수는 중얼거렸다.

만약을 위해 정희원이 지금까지 저지른 비리를 기록해 둔 문서와 증거자료를 보관해 두고 있었다.

최후의 순간을 위해 비장의 무기 하나쯤은 가지고 있어야 하지 않겠는가?

송경수는 이왕 방에 온 김에 침대에 몸을 뉘었다.

어제 애인과 뜨거운 밤을 보내서인지 눈을 감자마자 잠이 들었다.

*   *   *

"다음 피해 예상자들은 추측에 불과해요. 한데 그걸로 일을 이렇게 크게 벌이면 어쩌자는 거예요?"

김완주는 남편인 방찬희에게 불만 어린 목소리로 자신의

생각을 말했다. 그러나 한편으로는 직장 상사였고 다른 직원들도 있었기에 큰소리를 내지는 않았다.

"지금까지 틀린 적이 없잖아?"

"광범위하고 두루뭉술하게 말했으니 다 맞는 것처럼 들린 것뿐이에요."

방찬희도 알고 있는 얘기였다. 하지만 그런 그녀의 추측마저도 없었더라면 수사는커녕 사무실에 앉아 사건이 일어나길 기다리고 있었을 것이다.

"헐! 지금까지 프로파일링을 그렇게 해왔던 거야?"

"프로파일링도 어찌 보면 통계학에 불과하다고요. 그리고 이번엔 정말 자신 없어요."

"아니, 난 당신… 김 대리를 믿어."

김완주가 심각하게 말하는 것과 달리 방찬희는 너무나도 가볍게 대답했다.

"그런 문제가 아니잖아요. 차라리 범인에게 당했던 범죄자들을 설득해요. 범죄를 부인하면 찾아오겠다고 했으니 함정을 파고 기다리는 것이……."

"이번 일에 이미 두 개 팀을 피해 예상자들에게 투입했잖아. 이젠 어쩔 수가 없어. 그러니 그냥 해보자고."

사실 그녀의 말이 옳았다.

짐작만으로 수사력을 낭비하는 건 말도 되지 않는 일이었고 그녀의 말처럼 범죄자 중 한 명을 설득해 함정수사를 하는 게 나왔다.

하지만 그에겐 이럴 수밖에 없는 일이 있었다.

보름 전, 지지부진한 수사 때문에 질책과 함께 조만간 수사대를 해체한다는 얘기를 들은 것이다.

물론 그것이 표면적인 이유라는 걸 알고 있다.

곧 선거가 있는데 범인을 잡았다고 공표했던 이대신 임시 대통령에게 특별수사대의 존재는 정치적인 치명타가 될 수 있었다.

'순순히 해체되기만을 기다리진 않겠어!'

이것이 그가 추측에 불과한 김완주의 말을 믿고 일을 진행하는 이유였다.

"어떻게 오셨습니까?"

"송경수 씨를 만나러 왔습니다."

"차에 계신 모든 분의 신분증을 제시해 주시겠습니까?"

"굳이 그럴 필요까지 있습니까? 우린 이런 곳에서 나왔습니다만."

운전을 하던 막내 팀원이 비밀 수사를 위해 지급된 경찰 신분증을 경비원에게 보여주었다.

한데 경비원은 흘낏 보고는 무표정하게 다시 말했다.

"예외는 없습니다. 지난번에 경찰서장님도 방문했을 때 신분증을 주셨던 것으로 기억합니다."

"다들 신분증 꺼내서 보여줘."

방찬희는 이 빌라촌에 어떤 사람들이 거주하는지 잘 알고 있었다. 큰소리를 내봐야 손해를 입는 건 자신들이 될 것이 분명했다.

일일이 신분증과 대조해 얼굴을 확인하고, 그것도 모자라 경비실로 들어가 뭔가를 확인한 후에야 출입 허가가 떨어졌다.

"하여간 있는 것들이란……."

"그러게 말입니다. 이러다가 조만간 부자들만을 위한 도시가 생기겠습니다. 쩝! 나라 꼬라지 잘 돌아간다."

"그땐 우리가 그네들을 왕따시키면 되는 거죠."

방찬희가 팀원들을 대표해 가볍게 투덜대자 왠지 모르게 주눅 들어 있던 팀원들이 한 마디씩 하며 나쁜 기분을 털어냈다.

그러나 그들의 기분을 고려해 주지 않는 사람들이 또 있었다.

"설명할 한 사람만 올라오라 했습니다."

"그럼 다른 사람들은 밖에서 기다리라는 겁니까?"

"차에 계셔도 됩니다만."

"이 사람들이 정말……!"

호가호위라고 권력층의 경호를 선다고 사내가 다소 무시하는 듯 말하자 막내 팀원이 화를 참지 못하고 한마디 하려 했다.

그에 방찬희가 막고 나섰다.

"혼자 갔다 올게. 근처 슈퍼에 가서 음료수라도 사 와서 먹고 있어라. 이왕이면 여기 고생하는 사람들 것도 사 오고."

국정원 직원이라면 일반인들은 두려워할지 몰라도 권력자들에겐 그저 일 잘하는 심부름꾼에 불과했다.

물론 호가호위하는 듯한 경호원의 태도는 마음에 들지 않았지만 어차피 그들도 자신들과 다를 바 없는 존재였으니 괜히 다툴 이유가 없었다.

"팀장님은 기분도 안 나쁘십니까?"

"기분 나쁠 게 뭐가 있냐? 그리고 네 기분이 왜 나쁜지 잘 생각해 봐. 혹시 국정원에 다닌다는 권위의식 때문 아니냐?"

"……."

"누구나 때와 상황에 따라 갑이 될 수도, 을이 될 수도 있는 법이다. 부디 네가 갑일 때 오늘 일을 기억하고 저들처럼 굴지마라."

방찬희는 충고 한마디를 하고 입구로 들어섰다.

"잠시 검문이 있겠습니다. 가지고 계신 물건은 일단 바구니에 담아주십시오."

엘리베이터에 오르기 전 공항의 검색대처럼 생긴 시설이 있었다.

삐삐!

호주머니에 있는 것들을 빼고 검색대를 지났지만 검색대는 뭔가를 발견했는지 삐삐거렸고, 경호원 한 명이 검색봉을 들고 오며 물었다.

"혹시 혁대를 했습니까?"

"아뇨, 이것 때문일 거요."

방찬희는 정장 단추를 풀어 가슴 주머니 속에 차고 있는 권총을 보여줬다.

"…그것도 맡겨두고 들어가야 합니다."

"누구에게 맡긴단 말입니까? 제가 만약 나쁜 마음을 먹고 왔다면 이미 사용했을 거요."

"하지만……."

"이것에 대해 왈가왈부한다면 이대로 돌아가겠소."

범인을 못 잡는 한이 있더라도 장전이 된 총은 절대 타인에게 맡길 수 없었다.

"자, 잠시만 기다리십시오. 위에 연락해 보겠습니다."

약간 당황한 모습을 보이는 것으로 보아 경호원들은 방찬희 일행의 진짜 신분을 몰랐음이 분명했다.

두문불출하던 경호원은 잠시 후 다가와 올라가도 좋다고 말했다.

'와아~ 씨발! 이게 집이야, 성이야?'

바뀐 삶에선 가난하게 사는 것도 아니었음에도 화려한 집 안 풍경에 욕이 감탄사가 되어 나왔다.

집안에도 경호원들이 경계를 하는 모습이 보였지만 방찬희는 신경 쓰지 않고 주위를 두리번거리며 송경수가 오기를 기다렸다.

10분쯤 기다리자 그제야 2층에서 송경수가 내려왔다.

"허허! 공무가 바쁠 텐데 오라 가라 해서 미안하오."

"저희가 늘상 하는 일인걸요."

"가슴 속에 꽤 위험한 물건을 가지고 있다고 들었는데 국내에서 그런 물건이 필요하긴 한 거요?"

"전임 대통령님은 물론, 방송을 타지 않은 피해자 중 총격으로 사망한 사람이 있었습니다."

"그렇소? 이거야 원, 세상이 어찌 되려고……. 쯧!"

스무 명의 경호원에게 둘러싸인 채 지내는 그가 할 말은 아닌 듯했다.

"어쨌든 위험한 상황에도 자신의 일을 하는 분이 내게 할 말이 있다고? 어디 어떤 얘기인지 들어봅시다. 이쪽으로 앉으시오."

송경수가 권한 자리는 세 명의 경호원에게 둘러싸인 듯한 곳이었다.

문득 손이 가슴 쪽으로 간다면 어떻게 나올지 궁금해졌다. 하지만 생각만 할 뿐 실행은 하지 않았다.

"저희 요원이 분석한 결과 범인이 다음에 노릴 사람이 송경수 님일 가능성이 높았습니다. 그래서 저희 요원 중 일부를 상주시켰으면 합니다."

"날 지키는 사람이 많으면 많을수록 안전해지니 거부할 이유는 없겠죠. 한데 그 분석 결과에 대해 자세히 알고 싶소만."

"간단히 설명해 드리죠."

"복잡해도 상관없소. 나 역시 왜 내가 타깃이 되었는지 궁금하거든.

눈빛을 보니 호기심 삼아 묻는 것 같진 않았다.

하긴 스무 명의 경호원을 둘 정도이니 자신이 위험하다는 걸 어느 정도 눈치채고 있음이 틀림없었다.

"그건 말입니다……."

김완주가 추측만으로 손꼽은 인물은 모두 다섯.

그중 두 명은 설득에 성공했고, 두 명은 실패했었다.

방찬희는 성공했을 때 어떻게 말했는지 기억을 더듬으며 입을 열었다.

"지금까지 범인이 노린 인물들은 하나같이 앞에서, 혹은 뒤에서 나라를 좌지우지하던 사람들이었습니다."

"허허! 범인이 날 노리고 있다는데도 기쁘다니, 나이 들면 달콤한 말에 약해진다던데 사실이었구려."

실패했을 땐 나라에 엄청난 해를 끼치는 사람들이 타깃이 되었다고 말했었다.

"일반인들은 모르겠지만 송 선생님이 어떤 분이라는 건 제가 속한 조직의 특성상 어느 정도 알고 있습니다. 어쨌든 범인의 행동 패턴을 분석해 보면 한 달 안에 새로운 범행을 저지를 가능성이 아주 높습니다."

이 말은 거짓이었다.

수사대가 해체되기까지 남은 기간이 한 달이었다.

거짓 위협이 어느 정도 통했는지 송경수는 제법 심각한 얼굴이 되어 물었다.

"음… 범인이 그 기간 동안 나타날 가능성은?"

"20퍼센트 정도로 예상하고 있습니다."

"겨우? 한데 높은 수치보다 더 불안하게 만드는 효과가 있군. 그래서 어떤 식으로 경호를 할 생각인가?"

"이미 다른 곳에도 투입된 인원이 있기에 두세 명씩 조를 이루어 24시간 주변을 감시할 겁니다. 물론 절대 생활에 방해가 되진 않을 겁니다."

"당연히 그래야지. 방해받는 건 질색이거든. 근데 고작 그정도 인원뿐인가?"

"이상 징후가 발견되는 즉시 경찰특공대 1개 중대가 10분안에 출동할 겁니다."

"그건 마음에 드는군. 허락하겠소."

"최선을 다하겠습니다."

"최선은 필요 없소. 부디 내 생명을 지켜주기 바라오. 자세한 건 내 비서와 얘기하면 될 거요."

송경수가 일어나 2층으로 간 후 방찬희는 비서와 경호에 대한 얘기를 나누었다.

제3장

에너지를 채우다

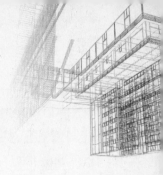

올 초, 희희낙락 야구단의 단장을 맡고 있는 이정기는 우연히 나간 예능 프로그램에서 예능감을 폭발시키며 제2의 전성기라 불릴 만큼 큰 인기를 얻게 되었다.

그 여세를 몰아 최근엔 종편 채널의 MC—보조MC였지만—를 맡게 되었다.

한데 종편 채널의 경우 공중파에 비해 출연료가 상대적으로 저렴하고 처음 만들어질 때부터 인식이 좋지 않아 인기 있는 연예인들의 경우 출연을 꺼려하는 경향이 있었다.

그러다 보니 자연 MC들이 인맥을 통해 직접 출연 섭외를 하는 경우가 많았다.

—한 번만 나와주라. 3회까지는 천식이 인맥으로 그럭저럭 찍었는데, 제작진이 섭외한 4회 게스트가 갑자기 펑크를 내면서 꽤 곤란한 상황이다. 그렇다고 아무나 데려다가 찍을 수도 없는 노릇이고. 나한테 혹시 친한 연예인 없냐고 묻는데, 딱히 생각나는 사람이 너밖에 없더라. 요즘 핫한 애가 너밖에 없잖아.

조급한 목소리로 구구절절 길게 얘기하는 것이 꽤 급한 모양이었다.

"…언젠데요?"

보기엔 할 일 없어 보여도 한가하지는 않았다.

그러나 통화상으로도 그의 마음을 알겠기에 차마 거절하진 못했다.

—빠를수록 좋지만 일단 네 스케줄에 맞춰야지. 그래도 가급적이면 이번 주 안으로 했으면 좋겠다.

"전 언제든 상관없어요."

—나와주는 거냐?

"누구 명령인데 거절하겠습니까. 그리고 곧 영화 개봉해서 어차피 홍보도 해야 하니 잘됐네요."

—하하하! 고맙다, 고마워. 이제야 제작진한테 체면이 좀 서겠다.

마음고생을 했는지 내가 허락하자 홀가분한 듯한 웃음소리가 귀를 울렸다.

"저 정도로 면이 선다면 언제든 불러주세요."

나는 일단 마음이 통하는 사람에겐 아낌없이 주는 편이었다. 물론 나중에 사이가 틀어지면 뒤도 돌아보지 않지만 말이다.

─그리 말해주니 고맙다. 근데 작가가 전화할 텐데 언제쯤이 좋겠냐?

"빠를수록 좋다면서요? 1시간쯤 뒤에 연락하라고 해주세요."

─알았다. 그리 전하마. 촬영 끝나고 한잔 살게.

"네, 그럼 촬영하는 날 봬요… 아!"

─…왜?

혹시 잊었던 일이라도 생각나서 취소라도 할 것이라 생각했는지 이정기의 목소리엔 약간의 긴장감이 서려 있었다.

"혹시 아는 친구랑 같이 출연해도 돼요?"

─친구, 누구?

"형이 모르는 무명 배우예요."

─음, 그래? 가능할 거야. 지난 회에서도 전화 연결 대신 친구가 직접 나왔거든.

"그럼 동반 출연하는 걸로 말해주세요."

내가 말한 친구는 신유리였다.

일단 신유리의 회사 측에 물어봐야겠지만 민종수가 속셈을 가지고 있으니 거절하지는 않을 것이다.

"종수야, 오늘 시간 되냐? 술이나 한잔할까?"

작가와 통화를 해 신유리와 동반 출연해도 된다는 허락을 받고, 민종수에게 전화를 걸었다.

다짜고짜 신유리와 동반 출연을 한다고 해도 허락은 해주겠지만 술을 먹으면서 자연스럽게 출연하게 만들 생각이었다.

—좋지! 이제나저제나 전화 오기를 기다리고 있었다.

몇 번 만나자는 문자가 왔는데, 이래저래 바쁘다는 핑계로 거절해서인지 그는 말이 떨어지기 무섭게 대답했다.

"저번에 얘기한 건 되는 거지?"

—당연하지! 유리 친구 중에 제일 예쁜 애로 소개시켜 주마. 근데 연예인들한테 엄청 대시를 받았을 텐데 일반인으로 성에 차겠냐?

민종수의 말처럼 알음알음 한번 보자고 연락해 오는 이들이 꽤 있었다. 그리고 개중 몇몇은 내 소문—야생마와 비견되는 능력(?)이 있다는—때문인지 꽤 적극적으로 나오기도 했는데, 모조리 거절했었다.

"예쁜 것도 너무 자주 보면 질리는 법이잖아."

거짓말이다.

똑같이 생긴 미인은 없는 법이고, 다들 그들만의 매력을 가지고 있으니 질릴 리가 없었다.

다만 소문 때문에 접근해 오는 것이 싫었을 뿐이었다.

—크큭! 무슨 말인지 알겠다. 어떻게 만날 밥만 먹겠냐? 때

론 자장면도 먹고, 때론 스테이크도 먹어야지. 어디로 갈까?

"작년까지 찬안에 있던 내가 뭘 알겠냐? 조용하고 술 마시기 좋은 데 있음 추천 좀 해봐라."

―자식, 촌놈 다 됐네. 오케이! 내가 알아서 잡아 깨톡으로 보내주마.

"나 깨톡 안 해. 그냥 전화로 말해줘."

세세한 미래는 모르지만 미래 사람들의 기억을 읽은 적이 있다 보니 어느 정도 흐름은 알고 있었다. 그중 SNS와 깨톡으로 인해 개인적인 비밀이나 썼던 글이 나중에 큰 곤욕이 되어 나타나기도 했다.

―어련하겠냐. 금방 전화할게.

민종수는 전화를 끊은 지 30분도 되지 않아 약속 장소를 잡았다는 연락을 해왔다.

"오늘 약속이 있어 먼저 갑니다. 기사는 필요 없으니까 퇴근하라고 해주세요."

"…술자리가 잦으시네요? 이사들도 은근히 술자리를 같이하고 싶어 하는 눈치던데요."

"비싼 술 먹고 체하긴 싫군요. 아직까지 준비가 덜 된 것도 있고."

"뭔가를 준비 중이셨습니까? 전 그냥 밤엔 뭐 할까 고민하시는 줄 알았습니다."

"말에 뼈가 있는 것 같군요, 허 비서?"

"…그렇게 느끼셨다면 죄송합니다."

"내가 어리다 해도 현재 우당의 이사장이라는 건 잊지 마세요."

허종욱의 조카이고, 내 약점을 알고 있다는 점 때문에 오냐오냐한 경향이 있었다. 물론 가장 큰 이유는 그녀의 태도가 믿게 보이지 않는다는 점 때문이긴 하지만 말이다.

한데 오늘은 왠지 거슬러서 한마디 했다.

"…명심하겠습니다."

일어나 고개를 숙이며 사과하는 그녀를 보니 왠지 기분이 좋았다. 그러나 허진경의 마음을 풀어주는 것은 화를 내지 않은 것보다 바보짓이었다.

난 인사를 받는 둥 마는 둥 고개만 까닥이곤 그녀를 뒤로하고 약속 장소로 향했다.

민종수가 예약한 곳은 내 말대로 조용하면서도 꽤 고급스러운 레스토랑이었다.

내가 도착했을 때 민종수 일행은 이미 도착해 있었다.

"선우희예요. 유리의 고등학교 때 친구죠."

선우희는 늘씬한 키에 흔히 쭉쭉빵빵이라고 불릴 만큼 볼륨감 있는 몸매를 가지고 있었다.

한데 색안경을 쓰고 봐서인지 신유리의 친구라기보다는 연예인 지망생이 친구인 척 연기를 하는 것처럼 보였다.

"김철입니다. 고등학교 때 특별한 일 없었으면 유리랑 동갑이겠네요?"

"호호! 딱히 특별한 일이 없었으니 그렇죠."

"우린 다 동갑이라 말 트고 지내는데, 너도 말 트는 게 어때?"

"그럼 나도 좋지."

인사와 동시에 말을 튼 후 자리에 앉았다.

"우희는 연예인을 해도 될 만큼 예쁜데 이쪽으로는 관심 없어?"

"왜? 있다면 캐스팅이라도 하려고?"

"소속이 없고 잘하는 게 있다면 가능하지. 작지만 기획사를 가지고 있거든."

"정말? 배우만 하는 게 아니었어? 에이~ 설마 1인 회사 아냐?"

"배우 신지영 선생님과 가수 여지민이 우리 회사 소속이야."

"헉! 정말? 그럼 작은 회사가 아니잖아? 혹시 노래 잘하면 가수 시켜줄 수 있… 어? 아, 아니다. 유리 하는 거 보니 쉽지 않은 길 같아. 그냥 얌전히 있다가 괜찮은 남자에게 시집이나 갈래."

눈이 초롱초롱해질 정도로 관심을 보이던 선우희는 민종수 쪽을 흘낏 바라보더니 갑자기 관심이 없다는 쪽으로 선회했다.

난 모른 척 말을 이었다.

"그래? 아쉽다. 내가 보기엔 조금만 밀어줘도 성공할 것 같은데……. 하긴 평양 감사도 본인이 싫다면 어쩔 수 없지."

내가 볼 때 방송, 연예계는 마약과 같은 곳이었다.

정점을 찍었다 내려온 사람도, 정점으로 가고자 하는 사람도, 심지어 이제 시작하려는 사람도 일단 중독되면 끊임없이 연예계 주변을 배회하며 TV에 얼굴을 비추길, 더 많이 나오길 꿈꾼다.

특히 지망생들은 연예계가 꿀과 젖이 흐르는 가나안이라도 되는 양 갈구를 넘어 집착하게 마련이었다.

일단 선우희에게 약(?)을 쳤으니 이젠 본론을 꺼낼 때였다.

"참! 유리, 너, 나랑 TV 출연 안 할래?"

"…뜬금없이 무슨 말이야?"

"영화 '대도' 홍보 겸 종편 채널에 게스트로 나가기로 했는데 아는 친구를 초대해서 같이할 수 있대. 이왕이면 같이 영화에도 나오고 종수랑 친한 네가 낫지 않을까 해서."

"글쎄……. 난 몇 컷이나 나올지도 모르는데……."

억지로 친구 관계라고 못 박았지만 그녀에겐 아직 내가 어려운 모양이었다.

"상관없어. 혹시 알아? 이번 기회로 네 이름을 조금이라도 알릴 수 있을지. 안 그러냐, 종수야?"

"으, 응. 그렇지! 좋은 기회니까 나가라."

"난 철이에 대해 아무것도 모르는데 어떻게……?"

"적당히 입 맞춰서 가면 돼. 꼬치꼬치 물으면 대충 얼버무려도 괜찮고. 이쪽이 원래 그런 거잖아. 이름을 얻고자 거짓 스캔들도 일으키는데 이 정도야 아무것도 아니지."

"……"

"정 싫다면 어쩔 수 없지. 옛날 종수한테 신세진 것이 많아 조금 갚아보려 했는데 잘 안 되네… 쩝! 다른 걸로 천천히 갚지, 뭐."

민종수의 경계심을 없애고 내가 그에게 신세를 갚으려 한다는 것을 알려주기 위해 한 말이었다.

지난번엔 다소 거리감을 뒀다면 이젠 좁힐 때였다.

"자식! 친구 사이에 신세는… 유리야, 철이 말처럼 좋은 기회일 수 있으니 출연해 봐. 날 생각해서 권했는데, 거절하는 건 예의가 아니잖아."

고맙게도 내가 던진 떡밥을 물어주는 민종수.

그러면서 그도 준비해 온 떡밥을 나에게 투척했다.

"여기서 술 마시는 것도 좋지만 이왕이면 재미있는 곳 가지 않을래?"

"어디?"

"내가 아는 좋은 곳이 있어. 잘만 하면 꽤 짭짤하게 만질 수 있는 곳이지."

민종수는 마치 지폐를 세듯이 손가락을 비비며 말했다.

"도박장?"

"말이 도박장이지, 그냥 아는 사람끼리 모여서 즐기는 곳이야."

민종수는 최대한 별것 아닌 것처럼 얘기를 했다. 그러나 도박이라는 단어는 결코 가볍지 않았다.

가급적 그의 의도대로 따라줄 생각이었지만 도박은 아니었다. 나중에 내가 이기고도 낭패를 당할 수 있었기 때문이었다.

'도박과 마약은 안 돼!'

가슴속에 남은 응어리를 없애려고 현재의 삶을 망치는 건 어리석은 짓이다. 게다가 아무리 사소하더라도 쓸데없는 행동으로 나에게 현재 가장 중요한 미래를 바꾸는 것에 방해가 되는 일은 없어야 했다.

"특히 오늘 우리 사이에 유명한 호구가 오는 날이니 무조건 딸 수 있을 거야."

"재미있겠다. 우리가 할 것도 있을까?"

내가 이렇다 할 반응이 없자 떡밥을 좀 더 뿌리는 민종수. 그리고 선우희도 재미있겠다는 듯 거들고 나섰다.

"있지. 슬롯머신도 몇 대 갖다 뒀는데, 그거 하면 될 거야. 근데 있잖아. 궁금해서 그러는데 여자들도 노름할 때 막 흥분되고 그러냐?"

"음, 글쎄? 약간 그런 것 같기도 해. 노름을 하다 보면 짜릿한 느낌이 들거든."

잘들 논다.

어디까지 가나 지켜보고 싶지만 놀리려는 목적이 아니었기에 서둘러 말을 잘랐다.

"난 노름은 별로야. 가려면 너희들끼리 갔다 와. 난 근처에서 술이나 마시고 있을게."

"허~ 천하의 김철이 많이 약해졌네? 너, 고등학교 때 애들이랑 노름하는 거 꽤 좋아했잖아?"

"그랬었지. 그러다 대학 때 임자 제대로 만나 등록금을 날려먹었지. 그 후론 손 끊었다. 아마 그만두지 않았다면 아버지한테 목이 끊겼을 거다."

내가 과장된 말로 노름엔 관심이 없다는 걸 확실히 하자 민종수는 굳어지는 표정을 애써 감추며 노름에 대한 생각을 접었다.

"…그러냐? 그럼 나도 안 가련다. 혼자 가서 무슨 재미가 있냐. 그럼 골프는 좀 치냐? 실내 골프 연습장이나 갈까?"

"전혀 못해. 야구랑 격투기엔 관심이 있는데, 골프는 영……."

"주식은?"

"해본 적 없어."

민종수는 일단 나에 대해 알아보고 계획을 짜려고 그러는지 술을 마시면서 이것저것 캐물었다. 한데 내가 말을 하면 할수록 그의 얼굴은 점점 일그러졌다.

"이야~ 도대체 세상을 무슨 재미로 살고 있냐? 도대체 네가 관심 있는 분야는 뭐냐?"

난 이 질문이 나오길 바라며 묵묵히 대답하고 있었다고 해도 과언이 아니었다.

그가 준비한 무대가 아닌 내가 준비한 무대에서 움직이는 것이 더 유리한 것은 두말하면 잔소리였다.

"글쎄다… 요즘 돈이 좀 생겨서 부동산이랑 사업에 좀 관심이 있어."

"부동산? 그쪽은 내가 꽉 쥐고 있는데."

"그래? 그럼 좋은 정보 있음 공유 좀 하자."

"정보야 많지. 그놈의 돈이 문제라서 그렇지."

내가 준비한 무대로 올라온 건지도 모르고 민종수는 날 어떻게 엮을지 생각해 냈는지 눈빛이 날카롭게 바뀌었다.

"웬만큼은 있으니까 걱정 마. 잘되면 수수료는 넉넉히. 챙겨줄게."

"이야~ 이 자식. 내 앞에서 수수료 운운하는 거 보니 안 보는 사이에 돈벼락이라도 맞은 모양이네?"

"비슷해. 자자! 일 얘기 하니까 여자들 얼굴 안 좋아진다. 여기서 적당히 마셨으니 클럽이나 갈까? 2차도 내가 쏜다!"

"내가 아는 곳이 있으니 그리 가자. 그리고 나, 민종수가 얻어만 먹을 수 있겠냐? 2차는 내가 쏜다!"

민종수는 민종수대로 얻은 것이 있다고 생각했는지 기분

좋게 일어났고, 그의 꼭두각시나 다름없는 신유리와 선우희는 선택의 여지가 없이 따라 일어났다.

*　　　*　　　*

"회사가 잡아주는 스케줄은 다 거부하면서 친분 때문에 방송 출연을 결정하시다니……. 소속 연예인들이 보고 배울까 겁이 나는군요."

이민기 상무는 오랜만에 KC엔터테인먼트에 나온 날 붙잡고 불만을 토해냈다.

"뭐, 그거야 사장님이니 넘어간다고 하죠. 한데 끼워팔기를 할 거라면 당연히 소속 배우들을 해야 하는 거 아닙니까? 왜 뜬금없이 다른 회사의 배우와 함께 나겠다는 건지 이해를 못하겠습니다. 혹시 요곱니까?"

그는 새끼손가락을 들어 올렸는데 마치 중지를 들어 올리는 듯한 느낌을 받았다.

"…아닙니다만."

"근데 왜……! 휴우~ 됐습니다. 일개 사원에 불과한 제가 사장님의 깊을 뜻을 어찌 알겠습니까? 그저 시키는 대로 하는 수밖에요. 오신 김에 여기 있는 서류나 확인하시고 결재나 해주십시오."

쏟아붓다 보니 기분이 조금 나아진 건지, 더 이상 얘기해

봐야 입만 아프다고 생각한 건지 이민기 상무는 잔소리를 멈추고 두툼한 서류 뭉치를 내놓았다.

구구절절 옳은 말이었기에 난 군소리 없이 서류를 확인했다.

가장 위에 있는 서류는 여지민에 관한 것이었는데, 2집 활동을 끝내고 호수에 비친 달의 작가가 새로 집필하고 있는 드라마에 출연하기 전까지 휴식을 취할지, 새로운 미니앨범을 낼지 결정을 내려야 했다.

"돈도 돈이지만 하루 이틀 장사하다가 말 것이 아니니 휴식기를 갖기로 하죠. 그리고 그동안 고생했으니 보너스로 어머니와 해외여행을 보내주는 것도 괜찮겠네요."

"그렇게 하도록 하겠습니다."

"다음은…… 오! 드디어 요조숙녀가 데뷔를 하는군요!"

요조숙녀는 다소 불손한 의도를 가지고 만든 걸 그룹의 팀명이었다.

그들의 데뷔 일자가 정해졌는데, 다음 주 공중파 3사 음악방송에 출연하는 것이 그 시작이었다.

"정말 최소한도로 준비했습니다. 혹 방송 사고가 일어나면 저도 모릅니다."

"무책임한 발언이군요."

"무조건 데뷔부터 시키라고 지시한 사장님께서 하실 말씀은 아니신 것 같습니다만. 서류에 보시면 보컬, 안무 트레이너들의 의견을 가감 없이 첨부했는데 한번 읽어보시죠."

"…나쁘진 않네요."

사실 나빴다. 일일 교육 내용을 적어둔 글엔 욕을 안 했다 뿐이지, 트레이너들의 분노가 고스란히 담겨 있었다. 그나마 다행인 건 마지막엔 간신히 합격점을 받았다는 정도였다.

"최악은 간신히 벗어난 거겠죠. 어쨌든 다음번엔… 있을지 모르겠지만 있다면 새로운 트레이너들을 구해야 할 겁니다."

마음고생이 심했는지 그의 언성에도 트레이너의 글처럼 분노가 담겨 있는 듯했다.

"…한데 정말 이대로 내보내실 겁니까? 지금이라도 출연은 취소할 수 있습니다만."

이번엔 간절함이 담겨 있었다. 그러나 설령 요조숙녀가 커다란 실수를 한다고 해도 마음을 바꿀 생각은 없었다.

"몇 년을 연습해도 데뷔하기가 힘들고, 설령 데뷔를 했다고 해도 인기가 있을지 없을지 모르지 않습니까. 또한 기획사들이라면 대부분 아이돌 그룹을 키우고 있을 텐데 늦을수록 더 늦어진다는 게 제 생각입니다. 어쨌든 고생하셨습니다."

중요한 두 가지 일을 제외하곤 소속 연예인들이 무슨 일을 하게 되었는지, 연습생들이 어떻게 생활하고 어떤 교육을 받는지 따위의 사소한 것들이었다.

"앞으로 이런 일은 이 상무님 선에서 끝내시죠. 전 나중에 컴퓨터로 확인하고, 별도로 지시할 것만 말씀드리죠."

"지금도 너무 많은……!"

"아, 전화가 왔네요. 잠시 전화 좀 받겠습니다."

전화가 와서이지 결코 얼렁뚱땅 이민기 상무에게 일을 떠넘기려는 것은 아니었다. 다만 그는 그렇게 생각하고 있는 것 같았지만 말이다.

나가라는 손짓을 하자 이민기 상무는 뭔가 구시렁대며 문을 닫고 나갔다.

"여보세요?"

─분명 내 이름이 찍혀 있을 텐데 여보세요는 무슨! 망할 자식! 이게 마지막인 건 알고 있지?

나에게 정보를 주던 영감이었다.

"오랫동안 이용한 고객인데 보너스는 없는 겁니까?"

─지랄! 내가 10번의 기회를 준 걸 얼마나 후회한 줄 알아? 날 무슨 램프의 요정처럼 부려먹을 줄 알았다면 더도 덜도 말고 딱 세 번만 들어줬을 거다.

"하긴… 지금 생각하니 다 죽어가는 늙은 목숨 구해주고 10번은 너무했네요. 만약 다음에 그런 일이 생기면 그땐 제가 특별히 세 번으로 해드리죠."

─빌어먹을 놈! 늙었다고 욕하는 것도 모자라 또 죽을 고비를 겪으라고 악담하는 거냐!

"만약이라고 했잖아요."

─만약이라도 기분 나빠!

"예에~ 제가 잘못했습니다. 그런 험한 일 당하지 마시고 앞으로는 손주들 재롱이나 보면서 오래오래 사시길 바랍니다."

이렇게 티격태격하는 것도 마지막이라 생각하니 왠지 마음 한구석이 허전했다. 그래서 장난을 지우고 진심으로 그의 안녕을 빌었다.

"그리고 지금까지 건방지게 군 것이 있다면 어르신이 남 같지 않아 한 일이니 너그러이 생각해 주세요. 그동안 정말 감사했습니다."

—…이 자식이 뭘 잘못 먹었나? 이 기쁜 날 기분 나쁘게 이상한 소리를 하고 지랄이야! 험험! 그렇다고 보너스 줄 생각 없으니 닭살 돋는 소린 그만해라.

영감도 미운 정이 든 건지 목소리에 서운함이 약간이나마 묻어 있었다.

"냉정하시긴… 나 같으면 정 때문이라도 한 번쯤 더 들어주겠다고 했을 텐데. 뭐, 됐습니다. 다음엔 정당한 대가를 지불하고 부탁하겠습니다."

—허어~ 이놈 좀 보게? 은근슬쩍 날 심부름센터에 취직시키네. 억만금을 줘도 이젠 들어줄 생각 없다. 오늘부로 이 전화번호는 없애 버릴 테니 그리 알아라.

"쳇! 나이 먹으면 눈치만 는다더니……."

—뭐라고! 이놈이 보자, 보자 하니까 누굴……!

"보자기로 안 보고, 가마니로도 안 봅니다. 도대체 언제 적

개그를 아직도 하시는 겁니까? 앞을 안 볼 사람과 저도 길게 얘기하기 싫으니 제가 부탁한 거나 말해주십시오."

—나도 그럴 생각이었다. 지금 메시지로 보냈으니 확인해 봐. 또 무슨 짓을 하려고 경비 업체 마스터코드가 필요한지는 모르겠지만 이젠 너도 살 만하니 위험한 일엔 손을 떼라.

메시지가 도착했다는 소리가 들렸지만 어련히 보내줬으리라 생각하고 굳이 확인하지 않았다.

"위험한 일 아닙니다만."

—지랄, 잘도 아니겠다. 어쨌든 난 축하주나 한잔하러 갈란다. 이만 '안녕'이다.

"들어가십시오."

뚝!

냉정하게 끊어버리는 영감.

작별 인사를 듣고 싶지 않았는지도 모르겠다.

"…그동안 감사했습니다."

난 이미 꺼진 스마트폰에 작별 인사를 했다.

다음에 기회가 된다면 술이나 한잔했으면 좋겠지만 내일 당장 어떻게 될지 모르는 나이였기에 지금 통화가 마지막일 수도 있었다.

"아냐, 그 영감은 벽에 똥칠할 때까지 살 거야."

감상적인 마음은 여기까지였다.

필요한 것을 얻었으니, 이제는 다음 단계로 넘어갈 차례였다.

　　　　　　*　　　　　*　　　　　*

"수고했어. 즐겨 마시던 커피라도 가져다줄까?"

막 한 신의 촬영을 마친 최정연은 매니저의 말에 고개를 흔들며 손을 내밀었다.

매니저는 그녀가 뭘 원하는지 용케 알아챘다.

"스마트폰? 여기 있어."

스마트폰을 받고 나서야 자신의 이름이 적힌 의자에 앉은 그녀는 잠시 망설이는 듯하다가 화면을 켰다.

도착한 메시지가 있는지 편지 봉투 모양의 아이콘에 '2'라는 수자가 붙어 있었다.

약간 긴장한 표정으로 그녀는 아이콘을 눌렀다.

[1588—XXXX 이번 달 카드 결제 금액은……]
[070—XXX—XXXX 고객님의 대출 가능 금액은……]

"……."

기대가 실망으로, 실망이 분노로 바뀌는 건 순식간이었다.

최정연은 스마트폰을 거칠게 들어 올렸다. 그러나 곧 힘없이 손을 내렸다.

새로운 전화기를 사는 동안 김철에게 연락이 올지도 모른다는 기대감이 분노를 누른 것이다.

"나쁜 놈! 친구 사이라면 하루 한 번은 문자라도 해야 하는 거 아냐?"

스마트폰을 얌전히 테이블 위에 올려둔 그녀는 혼잣말을 중얼거렸다. 한데 그녀가 숨만 크게 쉬어도 호들갑을 떠는 매니저가 반응을 했다.

"응? 뭐라 했어?"

"아무것도. 오빠, 혹시 내가 스마트폰 던지려고 하면 좀 말려줘."

"알았어."

"아! 그리고 생각해 보니 커피가 마시고 싶어."

커피가 마시고 싶은 것이 아니라 혼자 있고 싶었다.

"5분만 기다려. 내가 바로 사 올게."

"천! 천! 히! 갔다 와도 돼. 가급적 천천히!"

"3분이면 충분할 거야!"

"아니……."

평소엔 그녀의 기분을 잘도 알아차리더니 오늘은 매니저마저 뜻대로 되지 않았다.

오해를 한 매니저가 뒷말을 듣지도 않고 부리나케 커피숍을 향해 달려가는 모습을 보고 가볍게 한숨을 쉬곤 눈을 감았다.

그러나 20초도 지나지 않아 살며시 눈을 떠서 스마트폰을 보는 최정연.

째려본다고 전화가 올 리 만무했다.

다시 포기를 한 듯 눈을 감았다. 그러나 이번에는 10초가 지나지 않아 눈을 떴다.

그녀의 염원이 통했을까? 그때 스마트폰이 '우웅'하고 한 번 울었다.

문자가 왔다는 신호.

독수리가 먹이를 낚아채듯 스마트폰을 집어 든 그녀는 케이스를 열어 문자를 확인했다.

"왔다!"

'오늘 뭐 해?'라는 네 글자에 불과한 문자였지만 지하까지 가라앉아 있던 기분을 단숨에 하늘까지 상승시켜 줬다.

그러나 곧 새로운 고민이 그녀를 기다리고 있었다.

'뭐라고 보내지?'

기쁜 마음으로 답을 보내려던 그녀는 스마트폰에 손가락을 올린 채 쉽게 글을 적지 못했다.

'촬영 중? 아냐, 그도 현재 내가 영화 촬영 중이라는 건 알아. 그걸 묻기 위해 보낸 문자가 아닐 거야.'

일단 '오늘 뭐 해?'라는 문자의 의미를 파악하기 위해 애썼다.

그냥 안부 문자라면 '촬영은 어때?'나 '잘 지내지?'라고 보냈을 것이다. '뭐 해?'라고 물은 것은 시간이 되면 만나자는 의미를 내포하고 있다고 해도 무방할 것이다.

가늘고 긴 최정연의 손가락은 빠르게 스마트폰 위에서 춤을 췄다.

[지금 촬영 중. 11시쯤 끝나는데 혹시 시간 되면 만날까? 괜찮은 곳으로 네가 예약해 주면 더 좋고.]

작성한 문자를 곰곰이 살피던 그녀는 살짝 인상을 쓰며 적었던 글을 지워 나갔다.

왠지 너무 구차하게 느껴졌기 때문이었다.

다시 예전으로 돌아가자 하면서 자존심을 버렸지만 그렇다고 질질 끌려가는 것 같은 느낌은 스스로가 용서할 수 없었다.

잠깐 생각의 시간을 가진 그녀는 다시 손가락을 움직였다.

[11시까지 촬영할 것 같아. 넌 뭐 해?]

일견 괜찮았다.

정확한 시간을 알려주면서 약속을 잡을 수 있는 여지를 줌과 동시에 질문을 함으로써 대화가 이어지도록 유도하는 글이었다.

보내기 버튼 위에서 머뭇거리던 손가락은 다시 지움 버튼 위로 움직였다.

그렇게 한참을 지우고 쓰기를 반복하던 그녀는 매니저가 테이블 위에 놓아둔 커피의 얼음이 반쯤 녹았을 때 처음 생각과는 전혀 다른 문자를 보냈다.

[촬영하느라 바쁘네.]

장고 끝에 악수였다.

"…악! 내가 미쳤지."

답장이 전달되었다는 표식을 보고 나서야 실수했음을 깨달은 그녀는 주변을 신경 쓰지도 않고 비명을 내질렀다.

"왜, 왜? 무슨 일인데?"

"무슨 일 있어요, 언니?"

떨어져 있던 매니저는 물론, 차에 있던 스타일리스트까지 그녀의 목소리에 놀라 달려와 호들갑을 떨었다.

하지만 최정연의 귀에는 아무 소리도 들리지 않았다. 그저 보내기 버튼을 누르기 전으로 시간을 되돌리고 싶을 뿐이었다.

우우웅!

[그래?]

아니나 다를까 냉랭한―그녀가 느끼기에―문자가 도착했다.

그녀는 손가락을 보이지 않을 정도로 놀려 장황한 글을 찍어나갔다. 어찌 보면 구구절절하다 못해 큰 잘못을 저지른 사람이 용서를 구하는 듯한 글이었다.

보내면 분명 자존심이 나락으로 떨어질 것이 분명했다. 그러나 지금의 그녀에겐 자존심은 고려의 대상이 아니었다.

눈을 질끈 감고 보내기 버튼을 누르려는 순간 '우우웅!' 진

에너지를 채우다 103

동이 왔다.

[오늘 안 되면 내일이나 모레쯤 한번 보자. 그 이후론 좀 바쁘거든.]

두 손을 번쩍 들어 올렸다.

최소한의 자존심을 지키게 된 것도 기쁘지만 무엇보다도 내용을 보아 김철이 다시 마음을 여는 것 같아 만세를 부르고 싶을 만큼 기뻤다.

또한 모레까지라면 할아버지는 물론, 부모님들이 해외 출장 중이신 시간 아닌가?

"왜? 이번엔 또 왜? 허구한 날 스마트폰이 무슨 죄냐? 던지고 후회하지 말고, 일단 진정해."

최정연이 손을 들어 올리자 매니저는 전화를 집어 던지려 한다고 오해를 한 것이다. 그래서 아까 부탁받은 대로 재빨리 그녀의 손에서 스마트폰을 뺏어 갔다.

"…이번엔 그냥 기지개를 편 것뿐이거든? 그러니 스마트폰은 줘도 돼."

"무슨 기지개를 그렇게 요란스럽게… 흠! 난 확실히 말린 거다?"

"알았어. 오빠 탓으로 안 돌릴 테니까 그만 줘."

최정연은 웃는 얼굴로 말했고, 그제야 매니저는 스마트폰을 그녀에게 건넸다.

한데 매니저가 스마트폰을 뺏을 때 실수로 보내기 버튼을 눌렀음인가, 스마트폰을 보자 메시지가 보내져 있었다.

"……!"

최정연의 눈썹이 역팔자를 그렸고 눈은 매니저를 찢어버릴 만큼 날카로워졌다.

"내, 내 탓으로 안 돌린다며? 그, 근데 왜 그런 눈으로 보는 건데?"

그녀의 성격을 알기에 슬금슬금 뒷걸음질 치는 매니저.

그런 그를 향해 최정연은 비명과 같은 고함을 내질렀다.

"이걸 어쩔 거야!"

영문도 모르는 매니저는 촬영이 재개될 때까지 최정연에게 구박을 받아야 했다.

*   *   *

"…어서 와."

문을 열어주는 최정연은 어느 시상식보다 아름답게 꾸민 채였다.

"밖에서 만날 걸 그랬나? 동생 녀석이 친구를 데리고 술 마신다고만 안 했으면 우리 집도 괜찮은데……."

"아냐. 일하는 아주머니들이 휴가 가서 괜찮아."

"그래? 이거 받아. 오늘 참 예쁘다."

김철이 건네는 꽃다발과 예쁘다는 말에 최정연은 얼굴을

붉히며 기뻐했다.

지금까지 수많은 남자가 꽃을 선물하고 예쁘다는 말을 했지만 단 한 번도 지금과 같은 반응을 보인 적은 없었던 그녀였다. 한데 김철 앞에선 자신도 모르게 자꾸 웃음이 났다.

"들어가도 될까?"

"아! 내 정신 좀 봐. 들어와. 그리고 어제 보낸 메시지는……."

"옆에 있던 성은이가 보낸 거라며?"

"으, 응……."

"그럴 것 같았어. 전혀 너 같지 않았거든. 하여간 걔도 남의 일에 참견하는 거 참 좋아해. 근데 성은인 왜 촬영장에 와 있었어?"

"그건… 걔네 회사 근처였거든. 저녁 전이지? 이쪽으로 와."

약간의 어색함에 괜한 얘기를 꺼냈다고 판단한 그녀는 빠르게 화제를 전환했다.

식당으로 들어간 김철은 10명은 족히 앉을 식탁에 절반쯤 차 있는 음식을 보고 감탄을 터뜨렸다.

"와아! 이걸 다… 네가 요리한 것은 아닐 테고. 준비하느라 고생했겠다."

"치! 내가 요리한 것도 있거든?"

예전 드라마를 위해 몇 달간 요리를 배운 적이 있었지만 촬영할 때를 제외하곤 단 한 번도 해본 적이 없었다. 누군가를 위해 음식을 만드는 날이 오리라는 것 또한 마찬가지.

간혹 주변의 결혼한 이들이 사랑하는 사람에게 음식을 만들어주고 싶을 거라고 말하곤 했지만 전혀 공감이 되지 않았었다.

자신보다 요리를 100배는 잘하는 요리사를 고용하면 될 일 아닌가.

그것이 자신이 한 맛없는 요리를 먹는 것보다 먹는 사람 입장에서도 낫다고 그녀는 굳게 믿고 있었다.

그러나 그 믿음은 깨졌다.

자신이 만든 음식을 먹고 기뻐하는 김철의 모습이 그려지면서 자연스럽게 주방 앞에 서게 된 것이다.

'차려놓을 때까진 괜찮아 보였는데……'

요리를 한 후에 봤을 땐 주문한 요리와 크게 다를 바 없다고 생각했는데 막상 김철이 식탁에 앉은 후에 먹어보니 플레이팅은 물론, 맛까지 엉망이었다.

"…이거 먹어봐."

최정연은 주문한 요리를 권하면서 이 맛도 저 맛도 아닌 자신의 요리를 슬그머니 바깥쪽으로 밀었다.

"난 이것도 맛있는데."

한데 그녀의 생각과 달리 김철은 오히려 그녀가 요리한 음식을 맛있게 먹었다.

그 모습에 최정연은 자수를 했다.

"억지로 먹지 않아도 돼. 내가 만들었지만 나도 못 먹겠는 걸……"

"억지로 먹는 거 아냐. 내 입맛엔 차라리 이런 주문 음식보다 훨씬 맛있어."

"치! 날 생각해서 하는 말이라면 지금으로도 충분히 고마워. 그러니 이젠 정상적인 걸 먹어. 괜히 나중에 나 때문에 배탈 났다고 하지 말고."

"난 음식을 맛으로 먹지, 정성으로 먹는 사람이 아냐. 그러니 날 신경 쓰지 말고 너도 이제 밥 먹어."

거짓이 아니라는 걸 증명이라도 하려는 듯 김철은 맛있게 그녀가 만든 음식을 먹어치웠고, 그 모습을 보고 있자니 요리를 배워 더 맛있는 요리를 해주고 싶어졌다.

저녁을 먹은 후 술을 마시며 일상에 관한 이런저런 이야기를 하던 최정연은 술이 어느 정도 되자 술기운을 빌려 물었다.

"…오늘 쉬고 갈래?"

예전에는 아무렇지 않게 했던 말이 지금은 엄청난 용기가 필요했다.

"설마 여기까지 왔는데 그냥 보내려고 했어? 이거 은근 서운한데."

"아니! 네가 친구로 지내자고 해서……"

"예전에도 친구였을 때부터 했었는데 새삼스레……"

"…참, 그랬지?"

담담하게 말하려 했지만 서운함이 묻어나는 대답이었다.

'이 말이 이렇게 아프게 할 줄이야……'

예전에는 남자들에게 자신이 했던 말을 김철이 하고 있었다. 그땐 상처를 주려는 것이 아닌 그냥 하는 말이었는데 그것이 상처를 줄 수 있음을 오늘에야 깨닫는 그녀였다.

순간이긴 하지만 마치 직업여성이 된 듯한 비참함마저 느껴졌다. 그러나 그래도 김철이 더 오래 옆에 있어주길, 그가 자신을 안아주길 바랐다.

"술이 부족한 것 같으니 더 마시고 갈까?"

"으, 응, 나도 그게 좋겠어."

현재의 자신의 행동과 말들을 잠시라도 잊고 싶었다. 그러나 내일이면 다시 오늘과 같은 일이 반복될 것임을 그녀는 알고 있었다.

사랑은 언제나 더 많이 사랑하는 쪽이 지는 게임이었다.

*   *   *

"…가지 마. 내 옆에 있어줘……. 내가 잘할게."

"……!"

침대에서 일어나려던 난 깊이 잠든 줄 알았던 최정연의 말에 깜짝 놀라 다시 누웠다.

그녀는 아이처럼 슬픈 얼굴로 눈물을 흘리고 있었는데 눈을 꼭 감은 채인 것을 보아 잠꼬대를 하는 모양이었다.

"잠깐 바람 쐬러 가는 거야. 그러니 걱정 말고 자."

부드러운 목소리로 말하며 등을 다독이자 잠을 자면서도 알아들었는지 곧 편안한 표정으로 바뀌며 깊은 잠에 빠져들었다.

"휴우~"

침대에서 일어난 나는 아무런 소리가 들리지 않았지만 다시 뒤돌아서서 최정연이 자는지 확인하고는 가볍게 한숨을 내쉬었다.

안도의 한숨이 아니었다.

최정연이 오늘 보인 행동은 너무나도 티가 났다.

그래서 그녀가 날 어떻게 생각하는지 짐작하게 되었는데, 그런 그녀를 이용한 것에 대한 미안함의 한숨이었다.

"…내가 만약 모든 일을 끝내고 가정을 꾸리게 된다면 그 상대는 네가 될 거야."

잠든 최정연을 향해 고백을 했다.

사랑은 모두 타인의 기억을 통해서만 배웠다. 그래서 명확하게 사랑이 무엇인지는 아직도 잘 모른다.

분명 미안함이, 안쓰러움이 사랑은 아닐 것이다. 그러나 지금까지 만났던—기억 속에 있는 모든 만남까지 포함해서—여자 중 최정연이 가장 괜찮다.

물론 미래란 변덕이 심한 날씨처럼 언제 어떻게 변할지 알 수 없다.

더 좋아하는 사람을 만날지도 모르고, 어느 날 갑자기 최정연이 날 마음에 두지 않을 수도 있었다.

"…윽! 그건 나중 문제고 일단은 배부터 해결해야겠다."

옛날 거지들이 먹던 음식까지 먹어본 적이 있는 나에게 최정연이 만든 요리는 나쁘지 않았다.

다만 몸이 받아들이지 못할 뿐이었다.

시원하게 일을 해결한 난 최정연의 방에서 나와 거실로 내려갔다.

들고 왔던 가방에서 노트북과 여러 가지 선을 꺼냈다. 그리고 방범용 콘솔을 열어 선을 이용해 노트북과 연결했다.

잘할 줄 모르는 컴퓨터지만 차근차근 독수리 타법을 이용해 만지길 10분. 노트북 화면은 다중 분할된 화면이 떠올랐다.

"참 좋은 세상이야……."

영감이 준 마스터 코드를 이용해 경비 업체를 해킹한 것이다.

난 다시 마우스를 이용해 CCTV 중 몇 개를 계속 같은 화면이 나오도록 조작했다.

"…이제 가볼까?"

빌라촌 전체를 조작할 필요는 없었다. 그저 침투 경로와 일대만 바꾸면 됐다.

방범 시스템을 무력화시킨 난 가방에서 연장을 챙겨 다시 2층으로 올라가 서재 겸 지금은 잡다한 물건을 놓아두는 방으로 들어갔다.

그리고 창문과 방충망을 열고 5분간 기다렸다.

혹 방범 시스템이 작동되고 있다면 방충망을 열었을 때 경비 업체 측에 알람이 울렸을 것이고, 그로 인해 확인 전화가 왔을 것이다.

아무 일이 없음을 확인한 난 호주머니에서 얇지만 튼튼한 가죽 신발—양말에 가까운—을 신고 3층 높이의 창에서 뛰어내렸다.

비싼 동네답게 워낙 잘 꾸며진 화단이라 발이 다칠 염려는 없었다.

난 최대한 사람들과 만나지 않게 조심하며 목표물이 살고 있는 동까지 움직였다.

목표물이 살고 있는 동은 두 가구가 사는 곳으로, 입구가 달랐고 옆집은 비어 있었는데 내가 향한 곳은 경호원들이 우글거리는 목표물의 집이 아닌 옆집이었다.

삑삑삑삑!

입구와 현관문의 비밀번호를 1111로 조작해 뒀기에 들어가는 것은 식은 죽 먹기였다.

한동안 사람이 살지 않아서 내부는 약간의 곰팡이 냄새와 함께 캄캄했다.

희미하게 들어오는 외부의 빛에 의존해 2층으로 올라갔다. 빌라는 거주자들이 구조를 변경하고는 하지만 크게 보면 최정연의 부모님 집과 다를 바가 없었다.

난 가장 왼쪽에 있는 방으로 들어가 베란다로 나갔다. 그리고 한쪽 벽을 노크하듯이 조심스럽게 두드려 보았다.

얇은 나무 판을 두드리는 소리가 났다.

'역시!'

빌라촌의 빌라들은 불이 났을 경우에 대비해 대피할 비상 계단이 없었다. 대신 최근 지어진 아파트처럼 옆집으로 피할 수 있게끔 벽을 얇게 만들어둔 곳이 있었다.

사는 사람들조차도 신경 쓰지 않으면 모르는 곳.

처음 최정연의 부모님 집에 왔을 때 발견한 후 침투지로 결정하고 계획을 세운 것이다.

여기까지 왔지만 아직 침투에 성공했다 할 수는 없었다. 아직 확인할 것이 남아있었다.

준비해 가지고 온 다이아몬드 드릴과 전기톱, 카메라를 꺼냈다.

저진동, 저소음 제품을 거의 소리가 나지 않을 정도로 개조한 것으로, 두꺼운 벽은 자르기 힘들지만 얇은 합판은 거의 소리 없이 뚫거나 자를 수 있었다.

지이이이잉!

일단 톱날이 들어갈 만한 틈을 만들기 위해 구멍을 뚫었다.

새벽 두 시. 사위가 조용하다 보니 아무리 저소음으로 개조를 했다 해도 내 귀엔 꽤 크게 들렸다.

그나마 다행인 건 나무 벽이 웬만한 성인 여자라도 부술 수 있을 만큼 얇아 뚫는 데 2초도 걸리지 않았다는 것이다.

뚫린 구멍 사이로 특수 촬영을 할 때 쓰는 얇고 긴 카메라를 밀어 넣었다. 그리고 작은 액정으로 벽 너머로 무엇이 있는지 살폈다.

운이 따라주는 날이었다.

종이 박스 몇 개가 막고 있는 전부였다.

본격적으로 전동 톱을 작동시켰다.

스스스스스스!

드릴을 사용할 때와 마찬가지로 꽤 큰 소음이 발생했는데 내 귀에만 크게 들리는지 벽을 다 뚫을 때까지 아무런 방해를 받지 않았다.

잘린 나무 판을 한쪽으로 놓아두고 가면을 썼다. 그리고 책이 들어 있는지 제법 무거운 박스를 한쪽으로 치운 후 목표물의 집으로 건너갔다.

나머지 30퍼센트가 지금보다 더 어렵겠지만 현재까지 돌발 상황이 벌어지지 않았으니 칠부 능선까진 온 것이다.

'이거, 십 년 치 운을 한꺼번에 쓰는 것 같군.'

잡다한 것을 모아둔 창고 같은 방에서 나와 옆방 문을 살며시 열어 안을 보니 목표물이 한창 재미를 보는 …중이었다.

"아아! 아학! 하아!"

여자는 송경수의 위에 앉아 연신 교성—보기엔 입으로만 흥분한 상태 같았지만—을 질러대고 있었는데, 설령 나무 벽을 전기톱으로 잘랐어도 되었을 정도로 시끄러웠다.

언제 난입할지 잠깐 고민됐다.

죽이러 온 내가 이런 생각을 하는 것이 웃기지만 마지막 절정의 순간을 방해하는 건 도리가 아닌 것 같았다.

말하지만 절대 관음증이 있어서는 아니었다.

"허억! 하악! 하악!"

여자의 교성으로는 언제 끝날지 몰랐지만 송경수의 신음 소리가 거의 끝나가고 있음을 알려줬다. 그래서 끝나기를 기다렸다.

"학……!"

절정이 끝났음을 알리는 소리가 터져 나왔다.

그리고 그 순간 난 밤꽃 향이 피어오르는 방 안으로 들어갔다.

제4장

미래로

퍽!

가장 먼저 한 일은 여자의 뒷덜미를 가격해 기절시키는 일이었다. 너무 강하면 그대로 죽을 수도 있었지만 난 이런 방면으론 꽤 전문가였다.

그리고 바로 절정의 끝을 즐기고 눈을 뜨는 송경수의 목을 움켜쥐었다.

"하아~ 오늘 우리 헤리가… 누, 큭……!"

"쉿! 절정을 느낄 시간까지 배려한 사람을 곤란하게 만들면 안 되겠지? 목울대가 조금만 크게 진동하려 하면 목이 부러질 거야."

말로만 겁을 주면 딴생각을 하게 마련.

난 팔에 힘을 줘 그의 목을 서서히 꺾었다.

단지 가능함을 보여주려는 것이지 실제로 꺾으려는 것은 아니었다. 최소한 왜 죽는지 정도는 알려줘야 눈을 감지 않겠는가.

"크으……! 으으……."

송경수는 살기 위해 필사적으로 발버둥을 쳤지만 소용없는 짓이었다. 머리만 굴리던 그가 내 힘을 감당할 수는 없었다.

난 그의 눈이 살짝 돌아가려 할 때쯤 힘을 풀었다.

"내가 왜 왔는지 대충 짐작하겠지?"

"…사, 살, 살려주시오."

"그 부탁은 들어줄 수 없어. 당신이 존재함으로써 많은 사람이 고통받게 되거든."

"나, 난 사람들에게 해를 끼친 적이 없소. 그런 내가 죽을죄라니……?"

"글쎄요? 한 사람을 죽인 강도가 나쁠까, 수천만을 비탄에 빠지게 만드는 사람이 나쁠까?"

"도통 무, 무슨 말인지 모르겠소."

"안 그래도 설명해 주려 했어. 당신은 정희원을 대통령으로 만들어. 그리고 정희원은 재임 기간 동안 시대를 역행시키는 대단한 업적을 이루지."

"…여전히 이해가 되지 않소. 만일 당신 말처럼 그렇다고 친다면 내가 아니라 정희원을 벌해야 하지 않소?"

"그자는 꼭두각시잖아. 그 꼭두각시를 움직이는 자는 바로 당신이고."

"……!"

송경수는 황당함, 의문, 놀람 등 여러 가지 감정과 생각이 뒤섞인 표정을 지었다.

"너무 억울해하진 마. 내가 정희원이 절대 대통령이 되지 못하게 만들 테니까."

"…정말 난 당신의 말을 이해할 수 없소. 정희원이 대통령이 되었다느니, 내가 해악을 끼쳤다느니 마치 미래에서 온 듯이 말하는데… 자, 장난이라면 이쯤에서 그만두시오. 돈이라면 어느 정도까지 줄 수 있소."

"장난 아닌데? 당신 말처럼 미래에서 오진 않았지만 미래를 좀 볼 줄 알아. 그래서 나라를 망친 당신을 찾아온 거고."

"미친……! 난 나라를 망치지 않았소! 난 그저 정치 컨설턴트에 불과하단 말이오."

송경수는 날 미친놈이라 욕하려다 자극하면 손해라는 걸 알았는지 자신이 죄가 없음을 강조했다.

"고집 세고, 오로지 자신만 옳다 생각하고, 무능하고, 아집으로 똘똘 뭉친 자를 한 나라의 대통령으로 만드는 것도 큰 죄야."

"말도 안 되는……."

"말이 되는지 안 되는지는 따지지 마. 너희들이 부르짖는 국익을 위해 한목숨 바친다고 생각해."

더 이상 설명해 봐야 어차피 알아듣지도 못하는 거 그냥 전달한 것에 만족했다.

"지금 네가 선택할 수 있는 건 내가 원하는 걸 줘서 편하게 죽느냐, 버티다가 고통스럽게 죽느냐 단 두 가지야. 선택해."

내가 그의 목을 움켜쥔 채 주절거리는 또 다른 이유는 얻고자 하는 것이 있어서였다.

"…원하는 거?"

"정희원의 비리 장부 말이야. 당신이 가지고 있는 거 다 알고 있으니 오리발 내밀 생각 마."

"그, 그걸……."

"어떻게 알았냐고? 좀 전에 말했잖아. 미래에 대해 알고 있다고. 나중에 너희 두 사람 사이가 틀어지는데, 당신이 그때 비밀 장부를 세간에 공개하게 돼. 어차피 공개할 거 미리 내가 먼저 공개해 줄게. 자, 어디에 있지?"

"……."

"의리 따위 때문에 고통을 자처하겠다고? 분명 후회할 텐데?"

난 비명 소리가 나지 않게 그의 목을 강하게 압박하며 그의 오른쪽 검지를 움켜잡았다. 그리고 손등 방향으로 지그시 꺾었다.

"……!!!"

고통에 눈을 부릅뜨고 온몸을 바둥거렸다. 그리고 세 번째 손가락을 잡았을 때 그는 말하겠다는 눈빛을 강력히 보내왔다.

"헛소리할 생각이라면 버리는 게 좋을 거야. 다음엔 두 개씩 꺾어버릴 테니까."

"으흐… 마, 말하겠소. 그러니 제발 죽이진 마시오. 당신 말을 듣고 보니 내가 국가에 해가 되어서 죽이려는 것 같은데 비밀 장부를 넘기는 순간 나도 정희원도 끝장이오. 정치계엔 두 번 다시 발붙일 수 없을 테고, 어쩌면 정희원이 날 죽이려 들 테니 이 나라에 머물 수도 없을 거요. 그러니 부디 자비를 베푸시오."

송경수는 속사포 랩처럼 말을 토해냈고, 내 마음을 흔드는 데 성공했다.

누군들 사람 죽이는 일이 좋아서 할까? 나도 손을 더럽히지 않고 끝내는 것이 좋았다.

눈치 빠른 송경수는 내가 흔들린다는 것을 눈치채곤 더욱 적극적으로 나왔다.

"장부와 증거물은 옷장 안에 있는 금고에 있소. 비밀번호는 5276622983이니 직접 확인해 보시오."

널려 있는 옷으로 그의 입과 손발을 묶은 후 옷장 속 금고를 열었다. 그의 말처럼 장부와 각종 증거물들이 들어 있었다.

난 꼼꼼히 훑어보고 가짜가 아님을 확인했다.

'얻을 걸 얻었으니 그냥 갈까?'

진심으로 돌아갈 생각을 했다. 저대로 놔둬도 경호원들이 늦어도 내일이면 구해줄 터.

"일단 믿어보기로 하지. 혹시나 오늘 한 말이 거짓일 시에 다시 날 보게 될 거야."

남 돌아서서 문을 열고 나가려다 한 가지 의문이 들었다.

'염의 에너지는 반드시 죽여야 차오르는 건가?'

지금까지 매국노를 죽이는 순간 에너지가 차올랐었다. 한데 지금 그냥 가려니 아무런 반응이 없었다.

왜?

죽이지 않아서?

지금까지 염의 에너지가 차올랐을 때를 생각해 봤다. 그리고 염의 에너지가 차오르는 건은 죽임과는 상관없이 '나의 행동에 의해 누군가의 인생에, 혹은 대한민국의 미래에 긍정적인 영향을 미치는 순간 에너지가 차오른다'는 것을 확인할 수 있었다.

이 말은 지금 나의 행동—장부와 증거물을 가져가 언론에 공개하려는—이 그중 어떤 것에도 영향을 미치지 못한다는 뜻이었다.

즉, 송경수가 지금 나에게 거짓말을 하고 있었다.

난 열려던 문의 손잡이를 놓고 돌아서 송경수를 보았다.

눈빛에서 뭔가를 읽어보려 했지만 겉으로 속마음을 나타낼 만큼 내공이 적은 자가 아니었다.

난 심사숙고했다.

해치는 건 쉬워도, 되살리는 건 과거로 돌아가 내 행동을 저지하는 것 말고는 불가능했기 때문이었다.

한참 송경수를 바라보다 결론을 내렸다.

"나에겐 한 가지 능력이 있어."

"……?"

입에 재갈이 물린 상태라 송경수는 표정으로 의문을 표했다.

"거짓말탐지기처럼 거짓을 직접적으로 판단할 수 있는 능력은 아니지만 지금과 같은 상황에선 비슷하게 판단할 수 있어. 그래서 난 지금 당신이 거짓말을 하고 있다고 생각해."

"우우욱! 우욱!"

송경수는 고개를 좌우로 흔들어 거짓이 아니라고 말하는 듯했다.

"지금 생각해 보니 내가 이 장부와 증거물을 뿌린다고 해도 당신은 그 모든 걸 정치적 모함으로 만들 수 있다고 생각해. 그러고 깊숙한 곳에 숨어버리면 나만 닭 쫓던 개가 되는 꼴이잖아? 한입으로 두말하긴 싫지만 정치판이 원래 이렇잖아. 안 그래? 그러니 당신이 이해해."

"우우우우욱! 욱욱!"

신음 소리가 이해하기 싫다는 말처럼 들렸지만 난 더 이상 머뭇거리지 않고 두 손으로 그의 턱과 머리를 잡았다.

피할 수 없다는 것을 깨달았을까?

지금까지 삶을 갈구하던 눈빛에서 원독 어린 눈빛으로 바뀌었다.

그 순간 난 망설이지 않고 두 손에 힘을 줬다.

으드득!

목뼈 부러지는 소리가 귀에 울렸다. 그러나 난 그의 죽음을 동정하지 않았다. 왜냐하면 염의 에너지가 빠르게 차오르고 있는 것을 보아 내 선택이 옳았다는 걸 알았기 때문이었다.

한데 그때, 아래층에서 약간의 소란이 일었다. 그리고 누군가가 빠르게 내가 있는 곳으로 다가오는 소리가 들렸다.

쩌앙!

거칠게 문이 열렸다. 그리고 전에 몇 번 봤던 사내가 총을 들고 들어왔다.

"꼼짝 마! 움직이면 쏜다!"

*　　　*　　　*

국정원 직원들 모두가 자신을 희생해 가며 나라를 위해 목숨을 걸고 일하는 건 아니었다.

특수 임무에 종사하는 이들을 제외하곤 대부분에겐 그냥

돈을 벌기 위한 직장이었는데, 대통령 암살 특별수사대 팀원들도 그 대부분에 속했다.

그래서 방찬희가 속한 1팀 일곱 명이 송경수 경호에 투입되었지만 일곱 명 모두가 24시간 감시를 하는 것은 아니었다.

다섯 명은 둘, 셋으로 나뉘어 2교대로 움직였고, 김완주는 원내 업무를 위해, 오재덕은 프로파일링을 위해—실제로는 나이 때문에—빠졌다.

"아함! 밤낮이 뒤바뀌니 죽을 맛이네……."

저녁 8시부터 아침 8시까지 밤 근무를 하는 방찬희는 연신 터져 나오는 하품을 참지 못했다.

그럴 만도 한 것이 다른 팀원들과 달리 그는 교대 후 국정원으로 출근해 할 일을 마치고 퇴근을 해야 했기에 잠잘 시간이 부족했다.

"좀 주무십시오. 수상한 점이 발견되면 말씀드리겠습니다."

"됐다. 좁은 차에서 자봐야 더 피곤할 뿐이다. 군에 있을 때 하던 생존 훈련을 한다고 생각해야지."

삶이 바뀌기 전이나 바뀐 후에나 그가 특수부대 출신이라는 건 바뀌지 않았다.

한 달간 극한의 생존 훈련을 할 때 하루 두세 시간의 수면과 짧은 쪽잠으로 버티던 그였다.

"과장님도 참… 그때랑 지금이랑 같습니까? 어린 저도 그때랑 다른데, 과장님은 그러다 혹 가는 수가 생기지 말입니다."

"헐! 윤명환, 너, 나 나이 먹었다고 까는 거냐?"

"까는 게 아니고 진실이지 말입니다."

"오호! 그럼 잠도 깰 겸 늙은 나랑 한판 할래?"

"아서십시오. 괜스레 완주에게 저만 죽습니다."

"이 자식이 내 얼굴에 멍 자국을 낼 자신은 있나 보지? 그리고 형수님한테 완주라니, 제대로 안 부르냐?"

"아악! 허벅지에 곡괭이질은 반칙입니다!"

12시간씩 차에서 모니터만 보고 감시를 하다 보니 이런 장난이라도 치지 않으면 버틸 수가 없었다.

"근데 좀 전에 들어간 여자 몸매 죽이지 않습니까? 특히 가슴이… 우헤헤헤헤!"

장난이 끝나자 이번엔 조금 전 송경수 집으로 들어간 여자 얘기가 나왔다.

"수술한 거야."

"에이~ 제가 보기엔 자연산 같던데요."

"그런 몸매와 체형에 그런 가슴은 불가능해. 가슴이 커지면 인간의 몸은 그걸 지탱하기 위해 그에 맞게 성장하게 마련이야. 가령 척추에 무리가 가지 않게 하기 위해 허리가 짧든가, 하체가 발달하게 마련이야. 흔히 우리가 육덕지다고 표현하는 건 대체적으로 가슴이 큰 여성이 그런 체형이기 때문이야."

"아야, 누가 들으면 전문가인 줄 알겠습니다. 군에 있을 땐별 다방 미스 리의 말에 얼굴을 붉히던 분이… 물론 과장님

말씀도 일리가 있습니다. 하지만 예외 없는 규칙은 없는 법! 제가 생각하기엔 자연산이 확실합니다."

여성부에서 듣는다면 당장 고소를 한다고 길길이 날뛸 말이었지만 차 안에는 남자 둘뿐이었다.

"쯧! 왜 예외는 연예인한테만 생기는 건데?"

"어? 그 애, 연예인이었습니까?"

방송에선 유명하진 않지만 정치계에서 꽤 유명한 여자였다.

윤명환은 연예인이라는 말에 녹화된 화면을 한쪽 모니터에 재생시키고 있었다.

현재 방찬희와 윤명환이 타고 있는 차는 최첨단 감시 차량으로, 장착된 카메라가 있을 뿐만 아니라 이 빌라촌의 경비 업체로부터 모든 CCTV 화면을 전송받아 녹화하고 있었다.

"어? 진짜네? 얘 이름이 뭐였더라?"

"임미숙."

"에에? 혹시 사귀던 여잡니까?"

"내가 뭐 볼 게 있다고 저런 여자가 나랑 사귀겠냐? 방송계에서 모르지만 정치계에선 꽤 유명한 애야."

"아! 그렇습니까? 어쩐지 너무 잘 안다 했네. 근데 송경수가 권력이 세지면 유명 여배우가 될 수도 있겠군요?"

"행여나 그렇게 되더라도 입조심해. 너도 알겠지만 입 잘못 놀렸다가 옷 벗은 애들이 한두 명이 아니니까."

"제가 한두 살 먹은 애도 아니고 걱정 마십시오. 임무 도중 사망이라는 명예 따윈 전혀 달갑지 않습니다."

가장 더러운 곳이 정치계라면, 그 더러움을 보고 듣고 깨끗하게 보이도록 치우는 곳이 국정원이었다.

나라를 지키는 것보다 오히려 정치계 뒤치다꺼리에 더 많은 인력과 시간을 투자한다고 할까.

그리고 그 모든 것이 국가 안보를 위한다는 말로 비밀에 붙여졌다.

"아! 근데 말입니다. 최정연 실제로 보셨습니까? 아까 근무 교대하려고 오는데, 시장을 보고 왔는지 짐을 잔뜩 들고 집으로 들어가던데 정말 여신이 따로 없었습니다. 어찌나 들어주고 싶던지……."

정치인의 애첩이라는 얘기에 흥미를 잃었는지 이번엔 최정연을 화면에 띄우며 시시덕거렸다.

"나도 얼핏 봤는데, 예쁘긴 예쁘더라. 하지만 너무 비현실적이야. 사람 같지가 않아."

"그래서 제가 여신이라고 했잖습니까. 하지만 전 진짜 하룻밤이라도 잘 수 있다면 영혼이라도 팔겠습니다."

"…아마 네 영혼 100개쯤은 있어야 될 거다. 그리고 니 여신은 지금쯤 남자 친구랑 열심히 하고 있을 거다."

"아악! 그런 더러운 상상을! 비리비리 기생오라비 같은 놈이 뭐가 좋다고… 남자는 모름지기 저처럼 듬직해야 되는 거 아닙니까? 그리고 인터넷에서 보니 최정연이랑 그 기생오라비랑 아무 관계도 아니라고 했습니다. 그저 저녁이나 대접하려고 불렀을 겁니다."

윤명환은 듬직해도 너무 듬직했다. 최정연이 밑에 깔리면 생사가 걱정될 정도였다.

"지금 이 시간까지?"

"…고작 새벽 두 시 조금 넘었을 뿐입니다. 아님 술에 취해 잠들어서 어쩔 수 없이 소파에서 재우고 있을 수도 있죠."

"쯧! 지랄을 해라. 너 같으면 최정연을 옆에 두고 잠이 오겠냐?"

"……."

방찬희는 마치 자신의 여자가 바람을 피운다는 사실을 알게 된 남자의 표정을 짓는 윤명환을 비웃어주곤 화면을 한번 쭈욱 훑어보았다.

늦은 시간이라 그런지 개미 새끼 한 마리 움직이지 않고 있었다.

"나, 담배 피고 오마."

최정연의 얼굴을 확대해 놓고 '내 여신이……'를 반복하는 윤명환의 뒤통수를 한 대 갈기고 밖으로 나왔다.

별빛 하나 보이지 않는 어두운 하늘을 향해 담배 연기를 뿜으며 굳은 몸을 가볍게 풀었다.

한데 그런 방찬희의 모습을 지나가던 주민이 수상한 듯 쳐다보았다.

"하하… 전 겨, 경비 업체 직원입니다. 이 옆 동에 일이 있어 왔습니다."

아주머니의 눈빛에 방찬희는 담배를 뒤로 감추며 자신도 모르게 변명을 했다.

아주머니는 별말 없이 가던 길을 계속 갔지만, 수상함을 완전히 지우지 못했는지 흘끗 뒤돌아보곤 했다.

그런 아주머니의 모습에 쓴웃음을 짓던 방찬희는 문득 묘한 위화감을 느꼈다.

그리고 무슨 생각을 하는지 얼굴이 점점 굳어졌다.

"설마……!"

위화감의 정체는 곧 알 수 있었다.

분명 담배 피우러 나올 때 아무도 보지 못했는데, 아주머니가 갑자기 나타난 것이다.

그는 감시 차량의 문을 열고 외쳤다.

"야, 내가 보여?"

"네? 그게 무슨 엉뚱한……."

"닥치고! 내가 보이냐고!"

"…당연히 보입니다만."

"그게 아니라 화면에 보이냐고!"

갑자기 방찬희가 미친 건가 생각하던 윤명환은 그의 표정과 말투가 심상치 않음을 보고 자신들이 탄 차량을 비추고 있는 CCTV의 화면을 바라보았다.

현재 문이 열려 있고, 방찬희가 밖에 있는데 화면엔 차 문이 굳게 닫혀 있는 채였고 방찬희는 없었다.

"어, 없습니다!"

"당장 경찰특공대에 비상 걸어! 그리고 팀원들에게 당장 연락해서 이쪽으로 오라고 하고."

재빨리 명령을 내린 방찬희는 대답을 들을 새도 없이 송경수의 집 입구 쪽으로 뛰어갔다.

마음 같아선 바로 들어가고 싶었지만 그럴 수 없었다. 그가 뛰어오는 것을 본 경호원들이 앞을 가로막았기 때문이다.

"무슨 일이십니까?"

"이 일대 CCTV가 모두 해킹당해서 제대로 작동하지 않고 있습니다. 그러니 당장 송경수 씨의 안전을 확인해야 합니다."

위급한 순간에 설명을 해야 한다는 것이 우스웠지만 이 길이 들어가는 데 가장 빠른 길임엔 틀림없었다.

"잠시만요."

경호 문제를 상의하다 방찬희가 국정원의 과장이라는 것을 알게 된 경호팀은 처음 봤을 때와 달리 무시하지 않았다.

특별한 징후는 없었지만 그가 이렇게 다급하게 뛰어왔다면 자신들이 모르는 일이 발생했을 수도 있다고 생각한 경호 3팀장은 바로 실내 팀과 무전을 했다.

"저희 쪽 CCTV는 괜찮다고 합니다만?"

"송경수 씨의 안전은 확인했답니까?"

"그건……. 지금 당장은 곤란합니다."

"뭐 때문에 망설이는지 알지만 확인해야 합니다. 빌라의 CCTV가 해킹당했다는 건 분명 무슨 일이 발생하기 직전이거나 발생했다는 얘기니까요."

방찬희를 상대하던 3팀장은 잠깐 고민하더니 옆으로 비켜섰다.

"제가 할 수 있는 일은 실내로 들어가게 해드리는 것밖에 없습니다. 1팀장과 직접 얘기해 보십시오."

"고맙습니다. 혹 일이 잘못된다면 모든 책임은 제가 지겠습니다."

다급하게 오느라 경비 회사에 확인을 못 했다. CCTV가 고장이 났을 수도 있었다.

그렇다면 현재의 행동으로 불이익을 볼 수 있었는데, 자신이야 공무원이니 어느 정도 괜찮지만 경호팀장은 직업을 잃을 수도 있는 일이었다.

현관문을 열고 들어가자 실내 근무 중이던 1, 2팀장들이 인상을 쓰며 가로막았다.

"무슨 일 때문인지는 들었지만 이렇게 막무가내로 들어오면 곤란합니다."

"곤란은 내가 겪을 테니 송경수 씨 안전부터 일단 확인합시다."

"침입자는 없었습니다."

3팀장과 달리 1팀장은 꽤 깐깐했다. 그리고 그의 표정을 보건데 절대 허락해 줄 것 같지 않았다.

 방찬희의 예감은 분명 일이 일어나고 있다고 말을 하고 있었다. 속이 타들어갔지만 꾹 참고 다시 한 번 설득을 했다.

 "2층으로 침입했을 가능성도 배제할 순 없잖습니까? 안전한지만 확인하면 직접 사과를 하고 물러나겠습니다."

 "불가능합니다. 4팀과 무전 결과 침입자의 흔적은 전혀 없다고 했습니다."

 "불가능이란 말을 함부로 쓰지 마시오. 그자는……."

 대통령을 암살한 놈이라고 말하려고 했지만 속으로 삼켜야 했다.

 공식적으로 범인은 잡혔고, 지금 감옥에 있는 것으로 되어 있기 때문이었다.

 "어쨌든 저흰 영감님의 명이 있을 때까진 절대로 2층으로 올라갈 수 없습니다. 그러니 그만 소란을 피우시고 차에 돌아가 계십시오. 그럼 확인하는 대로 바로 연락드리죠."

 말이 통하지 않음을 알았지만 그냥 돌아갈 생각은 없었다.

 철컥!

 방찬희는 권총을 꺼내 장전을 하고 1팀장을 겨눴다.

 "…이, 이게 무슨 짓입니까?"

 "범인에 대해 자세히 말해줄 순 없습니다. 다만 현재 무슨 일이 일어나고 있다는 건 확신할 수 있습니다. 막겠다면 공무

집행 방해로 쏠 수도 있습니다. 이제 그만 비켜주시죠."

"…만일 아무 일도 없다면 지금 일을 후회하게 될 겁니다."

"그 빌어먹을 놈을 반드시 잡겠다고 다짐하던 순간이 가장 후회스럽습니다. 나중 일은 안전을 확인 후에 생각하기로 하죠."

지금의 행동에 후회가 없다면 거짓일 것이다. 마음 깊숙한 곳에선 일을 그만두고 무엇을 할지 벌써부터 고민 중이었다.

'하여간 이놈의 성격은 누굴 닮은 건지……'

이미 엎질러진 물이었다.

"비켜서시오!"

다시 한 번 강한 어조로 말하자 경호원들은 마지못해 비켜섰고, 그 순간 그들을 지나 2층으로 올라갔다.

'여기가 침실이었지.'

방찬희도 사람이었다.

막상 문의 손잡이를 잡자 지금이라면 되돌릴 수 있다는 생각이 들었다.

짧은 순간 오만 가지의 생각이 스쳤다. 그러나 범인을 잡고야 말겠다는 일념이 모든 것을 잠재웠고, 그 순간 문을 열었다.

"……!"

미래가 달려 있는 이 중요한 순간에도 가장 먼저 눈에 보이는 건 침대에 엎어져 있는 벌거벗은 여체였다.

'내 말대로 역시 수술한……'

부자연스러운 모양으로 찌부러진 가슴을 보며 쓸데없는 생각이 들었지만, 다음으로 목이 기괴하게 꺾인 채 쓰러져 있는 송경수를 보곤 제정신을 차렸다.

1초도 되지 않는 짧은 순간 자신의 예감이 맞았다는 걸 알게 된 방찬희는 시선을 침대에서 베란다 쪽으로 돌렸다.

그리고 창밖으로 도망가려는 검은 가면을 쓴 범인을 볼 수 있었다.

"꼼짝 마! 움직이면 쏜다!"

빌어먹을 직업병.

군에 있었다면 아무 말 없이 방아쇠를 당겼을 것이다.

그가 외치는 짧은 순간이 범인에게 절호의 기회가 되었다.

망설임 없이 창밖으로 몸을 날린 것이다.

틱! 틱! 쨍그랑!

소음기를 장착한 총이 불을 뿜었지만, 범인이 아닌 죄 없는 창문만 깨뜨렸다.

"날다람쥐 같은 놈!"

베란다로 달려가 아래를 내려다보았다.

뛰어내린 지 얼마나 됐다고 경호 4팀 중 두 명을 쓰러뜨리고 도망가려 하고 있었다. 그러나 그 짧은 4팀과의 공방이 방찬희에겐 기회가 되었다.

놈이 시야에서 사라지려면 코너를 돌아야 하는데, 그동안 충분히 제압 가능해 보였다.

방찬희는 놈의 다리를 향해 총구를 겨누었고, 그 순간 범인은 자신이 위험하다는 걸 느꼈는지 뒤돌아보았다.

눈과 눈이 마주쳤다.

'잡았다!'

방찬희는 회심의 미소를 지으며 방아쇠를 당기려 했다.

하지만 무슨 조화인지 갑자기 눈앞이 깜깜해졌다. 그리고 다시 시야가 돌아왔을 땐 범인은 이미 사라진 후였다.

*   *   *

위험을 피하기 위해 보름 치의 에너지를 쓰는 바람에 미래로 가는 일은 며칠 미루어졌다.

그러는 사이 최상철의 부탁으로 출연하기로 한 촬영 날이 되었다.

"철아, 우리가 처음 만난 날을 언제로 하기로 했지? 고1이었나, 고2였나?"

"고등학교 2학년 가을 성경 교실에서."

"아! 맞다."

촬영 시간이 다가올수록 신유리는 불안한지 그제 입을 맞춰뒀던 가짜 추억을 쉴 새 없이 중얼거리며 되짚어보고 있었다. 한데 헷갈리는지 계속해서 낮은 목소리로 물어왔다.

"대학 입학하면서 못 만나다 언제 다시 만났지? 작년 5월? 6월?"

"작년 1월. 내가 제대하고 우연히 다시 만나게 된 거지."

"아! 5월인가 6월인가에 뭐 있지 않았나?"

"…울 아버지 돌아가신 날."

"…미안. 근데 철아, 어떻게 하지? 나 어제까지만 해도 다 외웠는데 지금은 제대로 기억나는 게 하나도 없어. 괜히 나 때문에 너까지 곤란해지면 어떻게 해?"

가만히 지켜보고 있던 난 가늘게 떨고 있는 그녀의 손을 잡았다. 그리고 내 쪽으로 당겨 지척으로 마주 보게 만들었다.

"녹화 방송이잖아. 웬만큼 실수해도 편집해 달라고 하면 돼. 그러니 이렇게 심호흡을 해서 마음을 가라앉혀. 후우우~ 하아~"

"후우우~ 하아아~ 이렇게?"

"응, 잘하네. 좀 진정이 되었으면 눈을 감아봐."

"눈을? …왜?"

신유리는 분위기가 이상하다고 생각했는지 손을 살짝 빼며 물었다.

"내가 무슨 짓이라도 할까 봐 그러냐? 기억하는 데 도움을 줄까 했는데, 싫음 관둬."

"아, 아냐. 눈 감았어. 어떻게 하면 돼?"

"일단 차분히 있어봐."

난 신유리와 이마가 닿을 정도로 얼굴을 가까이 했다. 눈을 감았지만 내 체온이 느껴지는지 그녀의 눈썹이 파르르 떨렸다.

'생각보다 시간이 걸리지 않을지도······.'

헤어진 사랑의 행복을 비며 자살하려 했던 김철은 더 이상 없었다.

이제는 숨소리, 잡은 손에서 느껴지는 촉감만으로도 여자의 마음을 어림잡아 짐작할 수 있을 만큼 능숙한 김철만 존재했다.

'···오늘은 이 정도로만 해둘까?'

날 싫어하지 않는다는 것을 확인한 것만으로 충분했다. 난 장난기를 지우고 그녀를 위해 입을 열었다.

"배우의 장점 중 하나가 여러 사람의 삶을 연기를 통해 살아볼 수 있다는 게 아닐까? 난 얼마 전에 과거 시대 공주의 부마가 되었었어. 그리고 도둑단의 일원이 되어 멋지게 한탕했고. 지금쯤이면 내가 무슨 말을 하고 있는지 알 거야. 그치?"

"···응."

신유리는 고개를 살짝 끄덕이며 대답했다.

"내가 삶에 방황하고 있을 때 아버진 날 데리고 마음의 위안을 찾으라며 교회로 가셨어. '과연 존재했었는지조차 의심되는 신이 나에게 평온을 줄 수 있을까?'라는 의구심이 가득

했던 나에게 목사님의 좋은 말도, 교우들이 건네는 다정한 말도 제대로 들릴 리가 없었지. 한데 한 소녀를 보고 그녀와 얘기를 하는 순간 마음의 위안을 받을 수 있었어."

지금은 존재하지 않는 사라진 과거를 얘기했다.

비록 연인 관계가 친구 관계로 각색되긴 했지만 대부분 겪었던 그대로 들려주었다.

"…결국 네가 남자 친구가 생겼고, 난 더 이상 널 볼 용기가 나질 않게 되었어. 어때, 이렇게 상상하니 기억하기 괜찮지 않아?"

"…응, 한데 친구가 아니라 연인 관계 같은데? 헤어진 것도 네가 이사를 가서이지 내가 남자 친구가 생겨서가 아니고."

얘기가 끝이 나자 신유리는 시나리오와 내 얘기에서 다른 부분을 지적했다.

"사람의 기억은 원래 자기 위주로 기억된다잖아."

"그게 아니라… 설마, 너도 기억을 못하고 있는 거 아냐?"

"에헴! 그, 그럴 리가 없지. 각본을 쓴 내가 기억을 못한다니 말도 안 되지."

"좋아! 그럼 너랑 나랑 고3 때 무작정 놀러 간 곳은 어딘데?"

"글쎄, 천안이었나?"

"기억 못하는 게 틀림없네. 장흥이거든?"

"그래! 장흥! 장흥이었네."

"에휴~ 나보다 니 걱정을 먼저 해야겠다. 방송 사고 나면 어쩌려고?"

"하하하! 그래 바로 지금처럼 하면 돼. 어때, 이젠 좀 괜찮아졌어?"

"으응? 그러고 보니 이젠 안 떨려. 어제 외운 것도 다 기억나고."

"역시 내가 계획했던 대로야. 이로써 방송 준비 완료."

"우연의 일치 같은 건 내 착각인가?"

"착각이야!"

"풉! 정말 못 말려. 하여간 네 덕분에 한결 편해진 건 사실이니까 믿어줄게. 고마워."

"고마우면 나중에 밥 사."

"부자라는 애가 만날 얻어먹을 생각만 하니?"

"얻어먹는 밥이 맛있거든. 대신 마실 건 내가 쏠게."

"호호! 그래, 산다, 사."

지금까지 나 혼자 친구라고 우기는 분위기였다면 지금은 진짜 친구처럼 얘기하고 있었다.

군에 있을 때 외모도, 재력도, 모든 것이 평범함에도 매주마다 여자들이 바뀌면서 면회를 오는 고참이 있었다.

모두 그의 능력(?)을 부러워하며 비법을 알기를 원했지만 그는 그저 웃기만 했었다.

그러다 제대 하루 전 누군가가 비법을 물었고 웃으며 말해

주었었다.

"세상에 완벽한 남자도, 완벽한 여자도 존재하지 않는다. 가진 게 있다면 못 가진 것도 있다. 이성에게 현재 원하는 바를 채워 줄 수 있다면 누구라도 유혹할 수 있다."

물론 당시엔 비법을 알려주기 싫어서 하는 소리라고 생각했었다. 하지만 지금은 생각해 보면 그는 비법을 알려준 것이 맞았다.

과거의 난 남자(?)가 없었고 돈이 없었다. 그걸 민종수가 채워주면서 신유리를 유혹했었다.

하면 지금 신유리에게 부족한 것은 무엇일까?

아이러니하게도 과거 내가 그녀에게 유일하게 줄 수 있었던 따뜻한 관심이 아닐까 생각했고, 지금 그것으로 그녀를 유혹하고 있었다.

＊　　　＊　　　＊

"감사합니다! 이 은혜는 죽을 때까지 잊지 않겠습니다. 흑흑흑!"

아주머니는 얼굴 전체가 눈물범벅이었지만 닦을 생각도 하지 않고 연신 고개를 숙였다. 그리고 그 순간 염의 에너지가 가득 찼다.

채우자마자 써버린 15일 치의 에너지를 채우기 위해 내가 한 일은 특정인을 돕는 것이었다.

인터넷을 보다가 타인의 위험을 돕다가 식물인간이 된 사람의 기사를 봤고, 그를 돕기로 결정하고 한달음에 달려왔다. 그리고 그의 병원비와 나을 때까지의 생활비를 지원하기로 약속했다.

한데 도우면서도 미안한 감정이 드는 건 무엇이란 말인가.

아마 아주머니의 반응 때문이리라.

난 그저 염의 에너지를 채울 생각으로 도왔는데 생명의 은인이라도 되는 듯 대하니 스스로가 부끄러워진 것이다.

"이제 그만하십시오. 부끄럽습니다. 부탁드렸던 대로 오늘 일은 꼭 비밀로 해주시고요."

"네네! 반드시 그렇게 할게요."

더 있다간 아주머니의 허리가 남아나지 않거나, 부끄러움에 내 얼굴이 폭발할지도 모른다는 생각에 재빨리 병원을 나왔다.

그리고 이른 시간이었음에도 우당으로도, KC엔터테인먼트로도 들르지 않고 바로 집으로 향했다.

오늘 미래가 어떻게 바뀌었는지 볼 생각이었다.

혹시 퇴근을 한 석훈이 들어올까 싶어 방해하지 말라는 글을 문 앞에 붙여두고, 방문을 걸어 잠그고 침대에 누웠다.

지금까지 해왔던 어떤 시간여행보다 긴장되는 순간이었다.

'어떻게 바뀌었는지 확인해 보러 가볼까?'

하늘로 올라갔다가 끌림을 이용해 시간의 흐름이 보이는 곳으로 내려왔다. 그리고 흐름에 몸을 맡긴 난 2100년쯤으로 스며들었다.

'…뭔가 잘못됐군.'

위치는 예전에 왔었던 대한대학교.

한번 빙의했었던 재종(사촌의 손자) 김경호를 찾기 위해 두리번거리던 난 미래가 내가 기대했던 것과는 다르다는 걸 알 수 있었다.

일단 지나가는 대학생들의 신발이 일본 전통의 나막신이었고 그중 몇 명은 과거 일본 사무라이들이 입고 다니던 하카마를 입고 있었다.

'전혀 변하지 않았어!'

내가 했던 일이 미래에 아무런 영향을 미치지 못했다는 것에 놀랐다.

목숨을 걸고 해왔던 일이 쓸모없는 짓이었다고 생각되자 묘한 배신감마저 들었다.

'일단은……'

배신감은 한켠으로 미뤄놓았다.

그리고 이유를 알아보기 위해 교수실을 배회하며 김경호를 찾았지만 그는 대한대학교에 없었다.

'바뀌라는 미래는 바뀌지 않고 김경호의 미래만 바뀌다니. 갈수록 태산이군.'

김경호에 대한 의문도 접었다. 튕기지 않으려면 적당한 인물에게 빙의해야 했다.

난 마침 지나가는 남학생에게 빙의를 했다.

남학생의 몸을 차지한 난 기본적인 기억 정도는 알아둘까 했지만 알아볼 것이 많았기에 염의 에너지를 아껴야 할 때였다.

'도서관으로……'

태생적으로 일본인들을 싫어하지만 그들의 기록 문화는 나름 쓸 만하다는 생각에서였다.

내가 대한대학교를 다닐 때완 도서관의 위치가 달랐다. 게다가 표지판이 일어로 되어 있었지만 난 한글처럼 읽을 수 있었다. 덕분에 도서관은 금세 찾을 수 있었다.

2100년도의 미래답게 도서관에 들어가기까지 여러 가지 신분 확인 절차―검색대 따위의―가 있었지만 빙의 대상이 대한대학교 학생인지 아무런 제지 없이 들어갈 수 있었다.

'꽤 생소한 장면이군.'

열람실은 과거의 도서관과 비슷한 구조였는데 책상에 앉아 있는 학생들 중 일부를 제외하곤 하나같이 고글을 쓴 채였다.

비어 있는 자리에 앉아 다른 학생들처럼 고글을 썼다. 예상대로 고글이 현 시대의 컴퓨터임을 알 수 있었다.

처음엔 생소함에 다소 버벅거렸지만 잠깐의 시행착오를 겪고 나자 눈동자의 움직임이 마우스와 키보드 역할을 한다는 걸 알게 되었고 곧 익숙하게 검색을 할 수 있었다.

'…고작 바뀐 게 5년 연기된 것인가?'

아예 바뀌지 않은 것보단 낫지만 고작 5년이 연기된 것이 끝이라니 허탈했다.

멍하니 한일합병에 대한 기사를 읽던 난 문득 뭔가 이상함이 있음을 깨달았다.

2012년도까지 내가 한 일이 미래에 미약하게 영향을 미쳤을 수도 있었다. 한데 '그 후로 난 무엇을 했는가?'에 대한 의문이었다.

난 내 이름을 검색했다.

"……!"

그리고 일본 유력 신문에서 발표한 믿을 수 없는 기사를 접했다.

[한류 스타 김철, 자택에서 숨진 채 발견!]

―2017년 4월 27일, 한국의 유명 배우이자 사단법인 우당의 이사장인 김철이 자택에서 숨진 채 발견됐다. 현재 한국 경찰이 밝힌 그의 사망 원인은 단순 과로로 인한 심장마비이지만 타살의 가능성을 완전히 배제하지 않고 있다고 전했다. 김철은……

나의 사망 기사를 읽는 건 결코 유쾌하지 않았다.

특히 뺀질거리는 얼굴로 환하게 웃고 있는 사진이 마음에 들지 않았다.

난 해외 유명 검색 사이트와 이제는 데이터베이스로만 남은 대한민국 기사들을 옵션으로 선택하고 검색했다.

나의 죽음을 말해주는 수많은 기사.

정신없이 자료를 읽었다.

서른 개쯤 읽었을까 더 이상 기사를 클릭하지 않았다. 모두가 비슷한 내용에 비슷한 결론을 내리고 있었기 때문이었다.

나의 죽음은 부검 결과 심장마비였고, 어떤 타살의 흔적도 발견되지 않았다는 것이다.

'타살? 정말 심장마비? 그것도 아님 염의 상태로 돌아간 거냐?'

침착하게 검색하고 있었지만 사실 멘탈 붕괴 상태였다. 그저 가까스로 이성을 유지하고 있었다.

'염의 상태로 돌아갔다면 지금과 같은 결과가 나올 수 없어. 경찰의 발표가 사실이라면 시한부라는 건데……. 젠장! 모르겠다.'

대한민국에서의 사건 발표는 믿을 수가 없었다.

오죽했으면 둘 중 한 명이 범인인데 둘 다 실수를 가장해 풀어주는 나라 아닌가.

더 이상한 건 실수한 사람이 어떤 처벌도 받지 않았다는 것이다.

'침착하자. 미래가 정해지지 않았다는 걸 누구보다도 잘 아는 내가 당황하면 어쩌자는 거냐.'

긍정적으로 생각해 보면 아직 5년이라는 시간이 남았고, 내가 죽는다는 사실을 알게 되었으니 그대로 진행되지는 않으리라는 것이다.

가까스로 정신을 추슬렀다.

찜찜함은 여전했지만 목숨을 걸고 채웠던 염의 에너지를 허무하게 날릴 순 없었다.

나에 대해서든, 바뀌지 않는 미래에 대해서든 최대한 알아봐야 했다.

'우당은 어떻게 되었을까?'

일단 내 주변부터 알아보기로 했다.

한일합병이 되었다면 독립운동가 지원 단체인 우당이 어떻게 되었을지는 불 보듯 뻔했다.

아니나 다를까 관련 기사들을 보니 내가 죽은 후 우당은 서서히 변질되기 시작했고, 종국엔 일본 우익 단체가 되어 있었다.

죽 쒀서 개 준 꼴이지만 나의 죽음까지 본 내게 큰 의미는 없었다.

다만 2025년도 기사에 내가 알고 있는 두 사람이 우당의 변화에 시위를 하다가 경찰에 끌려가는 사진이 나와 있었다.

'자식, 영원히 불가능할 것 같은 일을 해냈구나.'

두 사람은 석훈과 허진경이었고, 부부라고 적혀 있었다.

우당을 검색하다가 또 하나 알아낸 사실은 김경호가 왜 예전과 달리 교수 자리에서 사라졌는지였다.

현시대에 그는 미국 국적을 가진 안소니 김이라는 과학자가 되어 있었다.

사촌인 김민철이 검사직을 때려치우고 미국으로 이민을 가서 그의 인생이 바뀐 것이다.

'…나 때문인가?'

우당을 만듦으로써 큰아버지의 가족들의 미래에도 변화가 생긴 모양이었다.

난 천천히 큰아버지 가족들에 대한 기사를 검색했다. 설령 나의 죽음은 막지 못하더라도 큰아버지가 불행해지는 건 막아야했다.

"…빌어먹을. 큰아버지와 민철이가 미국으로 이민 간 것은 이것 때문이었군."

2012년 12월, 그러니까 6개월 뒤에 커다란 불행이 큰아버지를 기다리고 있었다.

공교롭게도 이 일 또한 나와 관련이 있었다.

가족에 대한 검색을 마치고 이번엔 미래의 한일합병과 관련된 검색을 시작했고, 염의 에너지가 3분의 2가 사라질 때까지 미친 듯이 기사를 읽어나갔다. 그리고 동시에 해야 할 일들과 고쳐야 할 일들을 머릿속에 차곡차곡 쌓아갔다.

지금까지 단순무식하게 일을 해왔다면 앞으론 철저히 계산하에 움직일 생각이었다.

지금까지 본 내용을 머릿속에 정리를 하고 다시 새로운 자료를 검색하려 할 때였다.

누군가가 어깨를 두드렸다.

"여기 있었군. 오겠다고 해서 기다리고 있었는데……. 여전히 마음을 정하지 못한 건가?"

머리는 물론 덥수룩한 수염까지 반백인 중년 남자가 어느새 내 옆에 서 있었다.

'교수실 근처에 있었던 이유가 이 남자와의 약속 때문이었나?'

빙의 대상의 기억을 읽지 않았기에 중년 남자가 정확하게 누군지 알 수는 없었지만 어색한 한국어 말투나 옷차림, 정황을 보면 교수임이 분명해 보였다.

"잠깐 얘기했으면 하는데……. 곤란하면 다음에 하지. 방해했다면 미안하네."

내가 아무런 말 없이 쳐다만 보고 있자 사내는 거절한다고 생각했는지 씁쓸한 미소를 짓더니 물러나려 했다.

"…아닙니다. 커피나 마시며 얘기하시죠."

가만히만 있었어도 시간을 얻게 되는 상황이었지만 빙의 대상에게 호의적인 태도를 보이는 상대를 그냥 보내는 건 오히려 염의 에너지를 더 빨리 제로(0)로 만들 수 있었기에 허락한 것이다.

물론 과거라면 대상의 삶에 영향을 미칠 수 있다 하지만 미래의 대상에게도 그와 같은 일이 일어날지는 미지수이긴 했다.

'더 좋은 정보를 얻을 수도 있으니까.'

김경호의 기억을 읽어 정보를 얻었듯이 지금의 빙의 대상에게도 좋은 정보를 얻을 가능성이 있었다.

염의 에너지가 무한하지 않으니 가진 한도에서 최선을 다해 하나라도 건지는 것이 좋았다.

난 중년 사내를 뒤따르며 빙의 대상의 기억을 읽었다.

염의 에너지가 소멸되지 않을 정도로만 읽어서인지 들어오는 기억은 많지 않았다. 그러나 빙의 대상이 누구인지, 현재 앞에서 걷고 있는 중년 사내가 누구인지는 알 수 있었다.

'안타깝군. 나라의 미래를 이끌어갈 만한 천재가 하필이면 이런 시대에 태어나다니……'

빙의 대상의 이름은 방대한. 올해 22살로 20살 때 쓴 석사 논문이 유명한 과학 잡지에 실릴 정도로 물리학에 뛰어난 천재였다.

또한 오직 그밖에 모르지만 세상을 놀라게 만들 만한 이론들이 머릿속에 가득했다.

그런 방대한은 현재 자신이 가진 것을 일본을 위해 써야 하는지 말아야 하는지 심각하게 고민하고 있었다.

"자네의 고민이 어떤 건지 나도 어느 정도 짐작하네. 자네의 선조께서 과거 일점강점기에 독립운동을 하다가 목숨을 잃으셨다는 것도 말일세."

중년 사내, 다케우치 이치로 교수는 일본 우익들과 다르게 깨어 있는 일본인이었다.

방대한의 천재성을 알아보고 논문을 과학 잡지에 보낸 것도 그랬고, 방대한을 위해 많은 편의를 제공하고 있었다.

"물론 자네 생각처럼 조국을 위해 그 뛰어난 머리를 쓸 수 있다면 더할 나위 없겠지. 하지만 이제 대한민국은 없네. 그렇다고 우리 일본이 과거처럼 강제로 합병한 것도 아니지 않은가? 빛에 허덕이던 대한민국 정부가 먼저 손을 내밀었고, 국민들 대다수가 찬성해서 이루어진 일이지 않나?"

그의 말처럼 대한민국은 과거처럼 힘으로 뺏긴 것이 아니었다.

무능한 정치인들이 백 년을 넘게 나라의 살림을 망가뜨려 빛더미에 앉게 했고, 빈부 격차가 극에 달하게 만들어 차라리 미국이나 일본의 아래로 들어가는 것이 더 낫겠다 싶어 현재의 미래를 만든 것이다.

물론 먹고사는 데 급급하다는 핑계로 투표라는 권리를 버린 이들의 잘못도 없다고는 할 순 없었다.

'씨발…… 존나 아프네.'

다케우치 이치로의 말은 심장을 찌르는 비수와 같았다. 더 짜증 나는 건 반론마저 생각이 나지 않는다는 것이었다.

그에 난 무슨 말이라도 해야 했다.

"…달라질 겁니다."

"응?"

"아니, 바꿀 겁니다! 그리고……."

무슨 말인지 의아해하는 다케우치 이치로를 향해 말을 이으려 할 때였다. 염의 에너지가 바닥이 났고 두 개의 시선 중 미래의 시선이 사라졌다.

그러나 난 말을 멈추지 않았다.

"무슨 일이 있더라도 바꾸고야 말 겁니다!"

지금까지 내 존재가 사라지지 않기 위해, 존재의 의의 때문에 일을 해왔지만 이제부턴 아니다.

오롯이 내 의지로 바꿀 것이다.

제5장

스타트

　미래를 본 다음 난 이틀간 방에 틀어박혀 검색했던 자료들을 정리하고 계획을 세웠다.

　고민하는 시간은 길었지만 최종 목표는 단 하나.

　죽지 않고 대한민국의 미래를 바꾼 후 잘 먹고 잘사는 것이었다.

　물론 세부적인 전술도 나름 짰다.

　살인은 멈추기로 했다.

　죽여봐야 죽은 자들과 다를 바 없는 새로운 인물들이 그 자리를 대신할 뿐, 딱히 바뀌는 것도 없는데 위험을 감수하면서까지 몰두할 이유가 없었다.

대신 사람을 키우는 데 투자하기로 했다.

이틀간 끼적거렸던 종이를 갈가리 찢어 스테인리스 쓰레기통에 넣어 태운 후 방에서 나왔다.

"형님, 무슨 일이 있으셨습니까?"

석훈이 소파에서 일어나며 반색했다.

생각할 것이 있다고 신경 쓰지 말고 방해하지 말라고 했음에도 전전긍긍하며 때론 밥 먹으라고, 때론 간식 먹으라고 생각을 방해하던 그였다.

미래에서 본 기사만 아니었더라면 시원하게 밟아준 후 고민을 계속했을 것이다.

"별일 아닌데 수선은……."

"식사까지 거르며 방에만 계시는데 어떻게 걱정을 안 합니까? 허 비서도 조금 전까지 기다리다가 출근했습니다."

"그랬냐? 아무튼 너도 대단하다. 정말 해낼 줄이야. 상상도 못 했는데……."

"뜬금없이 무슨 말입니까? 혹시 화장실에서 넘어지면서 변기에라도 부딪친 겁니까?"

"말하는 꼬락서니하곤. 아무것도 아니니까 밥이나 먹으러 가자."

석훈이는 날 배신하지 않을 것이라는 믿음이 어느 정도는 있었다. 물론 100퍼센트는 아니었다.

한데 미래에서 직접 확인하고 나니 미운 말을 해도 그저 그러려니 했다.

"월세 2~3천 정도 나오는 건물 두어 개 알아봐라."

이틀간 물을 제외하곤 아무것도 먹지 않았기에 밥을 미음 먹듯이 천천히 먹으며 석훈에게 말했다.

"갑자기 건물은 왜요?"

"한 채는 너 가지고, 다른 한 채는 보육원 식구들 줘라. 그리고 이참에 타고 다닐 차도 알아보고. 때를 봐서 더 챙겨줄 수 있으면 챙겨주겠지만 일단 이 정도로 만족해라."

"……."

공깃밥 두 그릇을 비워가던 석훈은 씹는 것도 멈추고 날 물끄러미 바라보았다.

"왜 그렇게 보냐?"

"보육원 식구들 것까지 챙겨주신다니 충분히 만족하고 감사합니다. …한데 정말 괜찮으십니까?"

"당연하지. 이틀 굶는다고 안 죽는다."

"그게 아니라 머리가 괜찮으시냐고요. 형님이 여자 젖처럼 말랑말랑해지시다니……. 사람이 죽을 때가 되면 변한다던데 혹시 암입니까?"

"표현을 해도 꼭……. 그리고 재수 없게. 죽긴 누가 죽어!"

내가 죽었다는 기사가 떠올라 순간 욱해서 버럭 소리를 질렀다.

"이게 줘도 지랄이네? 싫으면 관둬, 이 자식아! 너한테 줄 바에야 차라리 불쏘시개로 쓰고 말겠다."

"이제야 형님답네요. 그래도 줬다가 뺏는 건 아니죠. 언제 마음이 변할지 모르니 며칠 내로 알아보겠습니다. 근데 차는 어느 선에서?"

"기름값, 보험료까지 내줄 생각 없으니까 네가 감당할 수 있는 선에서 사라."

어마어마한 재산도 죽고 나면 아무 소용 없음을 뼈저리게 느꼈다.

그래서 아끼지 않고 쓸 생각이었는데, 그 전에 챙겨줄 사람들에겐 미리미리 챙겨줄 요량이었다.

"너, 이만 회사에 가봐라."

"우당에 가시는 거면 같이 가시죠? 허 비서가 애타게 기다리고 있을 텐데요."

"누가 들으면 널 기다리는 줄 알겠다. 그건 그렇고 꼬시는 건 잘되어가냐?"

"철옹성이 따로 없더라고요. 하지만 그럴수록 불붙는 게 저 아니겠습니까? 열 번으로 안 되면 백 번, 백 번으로 안 되면 천 번이라도 찍을 생각입니다."

"그 정신 좋다! 우당은 내일부터 갈 테니 네가 가서 그렇게 전하고 회사로 가라."

"형님은 어디 가시려고요."

"큰아버지를 뵈러."

무엇보다도 먼저 해결할 것이 있었기에 큰아버지가 일하는 로펌으로 향했다.

"김장성 이사님을 찾아오셨습니까?"

안내 직원은 날 보자마자 누굴 찾아왔는지 안다는 표정으로 물었다.

"아, 네. 그렇습니다. 한데 큰아버지께서 간혹 제 얘기를 하시나 봅니다?"

"호호! 한동안 여기저기 자랑하셨거든요. 아마 저희 로펌에서 모르는 사람이 없을걸요."

"그렇습니까? 하하!"

큰아버지의 뜻밖의 모습을 본 것 같아 기분이 묘하면서도 좋았다.

"이 방문증을 가지고 21층으로 올라가시면 돼요. 연락은 해두겠습니다. 그리고 여기… 싸인 좀 부탁드려도 될까요?"

"물론이죠."

난 기분 좋게 사인을 한 후 방문증을 들고 큰아버지가 있는 곳으로 올라갔다.

"…네가 여긴 웬일이냐?"

큰아버지는 예의 무뚝뚝한 표정으로 날 맞이했다.

만일 바뀌기 전에 날 위해 헌신하던 모습을 보지 못했다면 어려워했겠지만 현재 그가 반가워하고 있음을 알 수 있었다.

"잘 지내셨어요? 바쁘시면 내일 다시 올까요?"

"아니다. 거기 앉거라. 커피 마실 테냐?"

"좋죠. 한데 제가 큰아버지 조카라는 걸 말하셨나 봐요? 로비에 들어서자마자 바로 큰아버지 조카라는 걸 알더라고요?"

난 짓궂게 물었다.

"허험! 떳떳지 못한 직업을 가진 것도 아닌데 숨길 이유가 없지."

순간 당황하는 큰아버지의 반응에 피식 웃음을 지었다. 직업의 특성상 사람 좋음을 감추기 위해 언제나 저런 무뚝뚝한 표정으로 생활하는 게 아닌가 싶었다.

"민철이는 잘 지내죠?"

"공부하는 녀석이 잘 지내고 못 지내고 할 게 뭐 있겠냐?"

"웬만한 공부가 아니잖아요? 그나저나 1차 시험 결과가 아직도 발표가 나지 않아 2차 논술 시험 준비를 마냥 하고 있겠군요?"

박명수 대통령이 죽으면서 일반 국민들의 생활엔 큰 변화가 없었으나 삼부인 행정부, 사법부, 입법부는 여러 가지 혼란이 야기되고 있었다.

올 4월에 예정되어 있었던 국회의원 선거가 20일가량 연기되어 18대 국회의원 임기가 한 달도 남지 않은 5월 초에야 무사히 치러진 것이 대표적인 일이라 할 수 있을 것이다.

1차 사법시험 결과 발표도 마찬가지.

4월 중순에 발표가 끝났어야 했는데, 현재 5월 말인데도 발표가 지연되고 있었다.

"며칠 내로 발표가 난다더구나."

"그래요? 다행이네요."

"발표가 언제인지가 중요한 게 아니지. 합격을 해야 다행인 거지."

대수롭지 않은 듯 말하고 있었지만 내 눈엔 꽤 안절부절 못하는 듯 보였다.

그래서 천기누설을 하기로 했다.

"분명 합격할 겁니다."

"민철이와 나도 확신을 못 하는 걸 확신하다니 신내림이라도 받은 거냐?"

"며칠 전 꿈속에서 할아버지께서 말씀해 주셨는데 신내림이라면 신내림이겠군요."

"할아버지 얼굴도 기억 못 하는 녀석이 무슨……. 흰소리 그만하고 무슨 일로 온 거냐?"

아들이 잘된다는데 싫어하는 아버지가 있을까?

큰아버지는 내 말을 농담으로 생각하면서 한편으론 정말로 그렇게 되었음 하는 말투였다.

'정말 합격해요, 큰아버지.'

미래에서 기사로 확인한 일이니 분명한 사실이었다.

미래가 언제든 바뀔 수 있다지만 변수가 개입할 여지가 없는 미래가 바뀔 가능성은 거의 없었다.

더 내색해 봐야 이상하게 생각할 터. 찾아온 목적을 꺼냈다.

"세 가지 일이 있습니다."

"많기도 하구나."

"꼭 들어주셨으면 합니다."

"솔직히 무작정 허락할 수 없구나. 일단 들어보고 결정하자."

"얼마 전 아버지께서 남겨주신 유산을 받았습니다. 꽤 엄청난 금액이더군요."

"유성이가 너에게 물려준 것이 있다면 잘 받아 쓰면 되는 일. 일일이 나에게 말할 필요는 없다."

"…혹시, 알고 계셨습니까?"

큰아버지의 담담한 표정에서 그가 유산에 대해 알고 있었다는 걸 확신했다.

"모르는 게 이상한 일이지. 고작 20대에 불과한 네가 엄청난 재산을 가지고 있는데 누군들 이상하게 생각하지 않을까. 특히나 당시 공직에 근무하고 있는 내게 많은 사람들이 돈의 출처를 물어왔었다."

"아!"

"처음엔 네 아버지가 그저 돈벼락이라도 맞았나 했다. 한데 몇 년이 지나 더 많은 재산이 갑자기 불어나는 바람에 결국 네 아버지에게 돈의 출처를 물을 수밖에 없었다."

"그래서요?"

내가 어리석었다. 금융실명제 이전이라고 너무 안이하게 생각한 것이다.

유산이 내 손에 전해진 걸 보면 잘 해결되었음이 분명했지만 큰아버지의 다음 말이 나오길 잔뜩 긴장한 채 기다렸다.

"처음엔 네 아버지도 모르겠다더니 증거를 대자 결국 실토하더구나. 우연히 증조할아버지의 숨겨진 유산을 얻었다고."

"아버지가 분명 그렇게 말씀하셨다고요?"

"그래, 그 말을 듣고 나니 이해가 되더구나. 네 증조할아버지가 일제강점기 때 처분하셨던 집안의 재산 중 일부라도 남아 있었다면 충분히 가능한 돈이었으니까. 너는 잘 모르겠지만 증조할아버지 때까지만 하더라도 집안의 재산이 어마어마했었거든."

"…다른 말씀은 없었습니까?"

정말이지 당장에 염의 에너지를 모아 아버지께 빙의를 해 기억을 읽고 싶어졌다.

도대체 무슨 생각으로 그런 말씀을 하셨을까?

큰아버지도 그렇다. 증조할아버지의 유산이라면 자신의 몫을 요구했을 법도 한데 말이다.

"그 녀석이 말을 많이 하는 성격은 아니었으니까. 나도 이해했으니 그걸로 충분했고."

"큰아버지께서 재산의 권리를 충분히 요구하실 수 있으셨을 텐데 왜 안 하셨습니까?"

"나라고 왜 돈 욕심이 없었겠냐. 하지만 우당을 설립한 걸 보니 할아버지께서 뭘 위해 남기셨는지 알 것 같더구나. 그래서 포기했다."

하여간 이상한 집안이다.

평범한—남들이 보기엔 평범하다 할 수 없지만—내 머리로는 아버지도, 큰아버지도 이해할 수가 없었다.

"…어쨌든 계속 말씀드리겠습니다."

다소 얼떨떨했지만 곧 정신을 차리고 말을 이었다. 유산을 받지 못했으면 모를까 잘 받았으니 그걸로 되었다.

말이 아버지의 생각을 알고 싶다는 것이지 실제로 염의 에너지를 소모하면서까지 그럴 생각은 없었다. 지금은 해야 할 일이 너무 많았다.

"재산 중 일부를 민철이와 민주에게 주려합니다. 물론 미성년인 민주의 경우 성년이 된 후에야 받을 수 있겠지만요."

"조금 전에도 말했지만 증조할아버지의 유산이라고 나눠야 한다고 생각해서 주는 거라면 필요 없다."

"그 때문이 아닙니다. 그저 큰아버지……. 가족이기에 주는 겁니다. 그리고 써야 할 곳이 있어서 많이 주지도 못합니다. 그저 살아가는 데 약간의 도움이 될 정도만 줄 생각입니다."

큰아버지의 자식이라 준다고 말하려다 말을 바꿨다. 납득이 될 때까지 이유를 꼬치꼬치 캐물을 것이 분명했기 때문이었다.

"내 생각은 별로 좋은 생각이 아닌 것 같다만 네 얼굴을 보니 반드시 줄 생각이구나?"

"예, 물론입니다. 돈이 많다고 해서 죽을 때 가져가는 것도 아니잖습니까?"

"나이 든 내 앞에서 할 소리는 아닌 것 같구나. 어쨌든 네 돈 네가 쓰겠다는데 내가 뭐라고 상관하겠냐. 다만 많다고 생각하면 다시 줄 테니 알아서 하거라."

"이해해 주셔서 감사합니다. 첫 번째 얘긴 끝난 것 같으니 이만 두 번째 얘기를 하겠습니다."

커피 한 모금을 마신 후 바로 본론을 꺼냈다.

"우당의 이사직을 맡아주십시오."

내가 갑작스럽게 죽어버린 후 다음 이사장직을 허종욱이 아닌 전혀 엉뚱한 사람이 맡게 되었고, 그때부터 우당은 전혀 다른 성격의 단체로 바뀌어 버렸다.

그에 난 설령 내가 죽더라도 우당이 변하지 않게 체질을 개선함은 물론 후계 구도까지 미리 만들어둘 생각이었다.

첫 번째 후계는 큰아버지였고, 두 번째가 허종욱, 세 번째가 사촌인 김민철, 혹은 김민주였다.

"…무슨 생각으로 하는 말인지 모르겠지만 나는 지금 내가 하는 일에 만족한다."

"당연히 직장을 그만두실 필요는 없습니다. 간혹 이사회가 있을 시 참석해 주시고 틈틈이 제대로 돌아가는지만 봐주시면 됩니다."

"싫다. 지금도 충분히 바쁘다. 그리고 허종욱, 그 친구는 내가 네 아버지에게 보증할 만큼 믿을 수 있는 친구니 중히 쓰려무나."

"당연히 허종욱 부이사장님은 중요하고 믿을 만한 분입니다. 하지만 오히려 그게 우당에 독이 될 수도 있습니다."

"…제대로 설명해 보거라. 내가 알기로 마치 자신이 만든 법인처럼 열과 성을 다함은 물론이거니와 그 친구만큼 사심 없이 우당을 위해 헌신한 사람도 없었다."

친구를 흉본다고 생각해서일까, 어떤 일에도 변화가 없을 것 같던 큰아버지의 표정이 처음으로 딱딱하게 굳었다.

허튼소리만 해봐라 하고 벼르는 듯한 눈빛으로 날 바라보는 큰아버지의 모습에도 태연하게 말을 받았다.

"제 설명이 타당하다고 생각되면 제 제안을 받아주시겠습니까?"

"그러마. 단! 타당하다고 생각되지 않으면 앞으로 사적으론 널 모른 척할 테니 그리 알아라."

유유상종이라고 큰아버지나 허종욱이나 고지식하긴 마찬가지였다.

"큰아버지 말씀처럼 허 부이사장님께서 우당을 위해 사심 없이 헌신했다는 것엔 저 역시 동의합니다. 세상에 없는 분이

시죠. 그러나 사심 없이 우당을 위해 이익이 되는 이사들만 뽑다 보니 정작 우당에선 왕따를 당하고 계셨죠."

"……."

"그리고 그에 상당한 스트레스를 받고 있었을 겁니다. 그래선지 제가 이사장직에 앉게 되자 그 중압감에서 벗어나려 하고 계십니다."

내 설명에 큰아버지의 표정이 한결 누그러졌다.

"전 그분이 필요합니다. 아니, 우당이 그분을 필요로 합니다. 그래서 계속 머무르게 하려면 친구가, 마음에 맞는 동료가 필요하다고 생각했고, 전 그 적임자가 큰아버지라고 생각했습니다. 어떻습니까? 제 설명이 타당합니까?"

"…그래, 하지만 이유는 별로 마음에 들지 않는구나. 왕따 당하는 친구 구조를 위해서라니."

"이유는 조건이 아니지 않습니까? 그럼 두말하지 않으시는 분이니 제 제안을 들어주시겠군요. 회사에 방을 만들라고 해두겠습니다."

살짝 이마를 좁히며 불만을 표했지만 그것이 승낙임을 난 알 수 있었다.

큰아버지를 설득하기 위해 준비한 계책은 세 가지. 설마 가장 첫 번째 계책인 격장지계에 허락을 받게 될 거라곤 생각조차 못 하고 있었다.

'하여간 의외로 순수한 면이 있다니까.'

지검장까지 지내고 로펌에 스카우트되어 일하는 큰아버지가 사회의 때가 묻지 않았다면 거짓일 것이다. 다만 어떤 면에선 외고집으로 보일 만큼 순수했다.

"세 번째는……."

"조금만 숨 좀 돌리고 얘기하자꾸나. 이 나이에 어린 조카의 격장지계에 넘어갔다고 생각하니 살아온 세월이 아깝구나."

"…눈치채셨습니까?"

"그래, 네 녀석 표정을 보고 눈치챘다."

"죄송합니다."

"아니다. 내 성격 탓인데 누굴 탓하겠느냐. 길을 가다가 스승을 만난다더니, 너한테 한 수 배웠다. 마음을 가라앉혔으니 마지막 세 번째를 말해보아라."

"별것 아닙니다. 조만간 미국에 가려는데 그때 민주를 만나고 올까 해서요. 그래서 주소를 물어보려고 했습니다."

"괜스레 마음잡고 공부하는 애를 왜 만나려고……?"

"오빠가 동생 얼굴도 못 봅니까? 그리고 제가 무슨 번뇌덩어리도 아닌데 너무하십니다."

장난기 가득한 표정과 말투로 말했다.

"알았다, 알았어. 오늘은 내가 너한테 졌다. 가기 전에 집에 잠깐 들러라. 한동안 네 큰어머니가 미국에 못 갈 것 같으니까 갈 때 몇 가지 전해주려무나."

"그러겠습니다."

세 가지 모두를 허락받은 난 홀가분한 마음으로 로펌에서 나왔다.

"…오늘을 기점으로 미래는 변하게 될 거야."

난 누군가를 향해 중얼거린 후 차에 올랐다.

*   *   *

흔히 각종 낚시 기사와 쓰레기 같은 기사를 쓴다고 해서 기레기라고 불리는 기자들도 자세히 들여다보면 극한 직업이라 불릴 만큼 밤샘 작업이 많은 고된 직업이었다.

언론이라는 힘을 이용해 멋대로 세상을 휘젓는 것 같지만 그건 위에서 시키는 일이었고, 그것을 거부할 만큼 간 큰 직장인은 없었다.

설령 기레기라는 꼬리표가 붙는다고 해도 말이다.

"이것은 일단 덮어라. 나중이라면 모를까 대선이 코앞인데 여당을 건드려 봐야 나중에 피곤할 뿐이다."

"알겠습니다."

소정봉은 편집장의 말에 한 치의 망설임 없이 순순히 답한 후 편집장실을 나왔다. 그러나 밖을 빠져나온 그의 얼굴은 좀 전과 달리 일그러졌다.

"젠장! 기삿거리 없다고 쪼지나 말든가……."

일개 기자가 편집장 앞에서 토를 다는 건 드라마나 영화에 서나 있는 일이었다.

설령 용기를 내서 그래봐야 돌아오는 건 육두문자뿐이거니 와 개김성이 많다고 찍혀 회사 생활만 힘들어질 뿐이었다.

그가 제출한 기사는 얼마 전 송경수라는 정치인이 살해당 했을 때 임미숙이라는 연예인이 같이 있었다는 내용이었다.

죽은 자나 연예인이 그리 유명하지 않은 인물이었기에 기사 화가 가능하리라 생각했는데 제법 배경이 좋은 모양이었다.

가벼운 투덜거림으로 기분을 전환한 소정봉은 자리에 앉아 작성했던 파일을 '폐기물'이라는 폴더에 옮겨 버렸다.

삭제하진 않겠지만 시간이 지나도 쓸 수 있을 가능성이 희 박한 기사들만 모아두는 곳이었다.

"그나저나 내일까지 쓸 만한 기삿거리를 만들어야 할 텐 데……."

기사가 퇴짜를 맞았다고 해서 자신이 맡은 몫이 줄어드는 건 결코 아니었다. 아니, 줄여준다고 해도 거부해야 했다.

든든한 배경과 화려한 스펙의 신입 기자는 물론이거니와 인턴, 계약직, 프리랜서 기자 등 수많은 이들이 신문의 일부라 도 차지하겠다고 눈이 벌게져서 덤벼드는 상황에서 삼 일에 한번 고정적으로 이름을 걸고 기사를 낼 수 있다는 건 대단 한 일이었다.

"젠장! 역시나 기사화할 수 없는 것들뿐이네……."

여러 개로 분류된 폴더를 뒤적거려 보았지만 딱히 쓸 만한 것은 없었다.

소정봉은 전화기를 들어 사회부의 내선 번호를 눌렀다.

퀴즈 프로그램에서만 지인 찬스가 있는 건 아니었다. 그는 언제나 필요할 때 도움을 주는 친구에게 전화했다.

―바쁘니까 딴소리 말고 용건만 말해.

사회부에서 근무하는 입사 동기 유정무가 무미건조하게 말했다.

타자를 치는 소리가 수화기 너머로 들리는 걸 보면 말처럼 정신이 없는 모양이었다.

"다른 사람이면 어쩌려고 그딴 식으로 말하냐?"

―내선으로 연예부에서 전화할 사람은 너밖에 없거든. 딱히 할 말 없음 끊는다.

"무정한 새끼!"

―내 이름은 유정이거든.

"나한텐 무정이거든."

―…이 새끼는 뭔가 필요할 때만 꼭 무정하다고 하네. 닥치고 일이나 처하시지? 나 정말 바빠서 눈이 돌아갈 지경이거든.

유정무가 바쁘다고 하면서도 전화를 끊지 않는 건 평소 두 사람이 이런 식으로 스트레스를 해소하며 놀았기 때문이었다.

"바빠서 좋겠다, 새끼야. 형아가 커피 한 잔 쏠 테니까 옥상으로 올라와."

—미친… 귀에 당나귀 거시기라도 박은 거냐? 바쁘다는 말이 안 들리냐?

"20분 후 네가 좋아하는 커피 사서 기다리마."

유정무는 정말 바쁘면 그냥 끊지, 결코 길게 주절거리지 않았다.

할 말을 하고 전화를 끊은 소정봉은 1층 회사 로비에 있는 커피숍으로 가 커피 두 잔을 사서 옥상으로 올라갔다.

"징그러운 놈."

담배를 반쯤 피우고 있을 때 유정무가 도착했다. 그는 담배를 빼어 물곤 자연스럽게 옆에 앉았다. 그리고 소정봉이 전화한 이유를 정확히 파악하고 있었는지 노란 서류 봉투를 던지듯이 줬다.

"헤헤! 땡큐! 얼굴이 핼쑥한 거 보니 어제 집에 못 갔나 보네?"

"…씨발, 삼 일째다."

"정희원 비리 장부 때문이냐?"

소정봉이라고 현재 세간의 이목이 집중된 사건을 왜 모를까. 그저 예의상 되물은 것뿐이었다.

여당 대표이자 가장 강력한 차기 대통령 후보의 10년 가까운 비리가 증거와 함께 인터넷에 유포된 것이다.

정희원은 정치 공작이라고 변명을 하며 덮으려 했지만 증거가 너무 명백해 언론 매체가 일제히 그에게 등을 돌리면서 그와 관련된 기사가 인터넷은 물론 방송 전체를 뒤덮고 있다고 해도 과언이 아니었다.

특히 종합 편성 채널까지 가진 신문사다 보니 정치, 사회부는 집에 들어가지도 못한 채 기사를 만들어내고 있었다.

"그렇지, 뭐. 친정 계열 의원들의 비리까지 캐내려니 미칠 지경이다. 특히 이번에 당선된 의원들도 줄줄이 소환되고 있으니 사건이 진정되기는커녕 점점 커지고 있다. 씨발, 어떤 빌어먹을 놈이 유포했는지 만나면 반쯤 죽여 버리고 싶다."

"쩝! 고생하네. 그래도 한편으론 졸라 부럽다. 쓸 기사가 없어서 고민할 일은 없잖아. 난 기껏 기사를 물어 왔더니 불가란다."

"연예부야 원래 되는 것보다 안 되는 게 많잖아."

"이건?"

대화를 하면서도 노란 봉투 속 기사 내용이 못내 궁금하던 차였다.

기회가 왔기에 어떤 내용인지 은근히 물었다.

"그제 내가 우연히 알아낸 건데, 꽤 괜찮을 거야. 너, 김철이라고 알지?"

"이래 봬도 연예부에서 7년째거든? 김철이 왜, 마약이라도 했냐?"

"쯧쯧! 7년이나 했다는 놈이… 이런 시기에 그런 기사가 가당키라도 하냐?"

"하긴… 나중에 무마용으로 묵혀두겠지. 그럼?"

"걔, 사법시험 1차에 합격했단다."

"에? 김철이? 내가 알기론 머리를 쓰는 애는 아니었는데……."

"그러니까 더 기사화가 될 만하지. 지난번처럼 무조건 터뜨려서 미움받지 말고, 소속사나 본인에게 전화해서 사실 여부와 기사화해도 될지 물어보고 해라."

작년 말 특종이라고 무작정 톱 가수의 열애 기사를 냈다가 곤욕을 치른 적이 있었다.

해당 소속사에서 상의 없이 기사화했다고 불만을 표한 것은 물론이거니와 이후로 은근히 자신과 동료들은 물론이고 방송국까지 배척하는 통에 일하는 데 지장이 많았었다.

워낙 힘이 있는 연예 기획사다 보니 그에 대한 불만을 토하기는커녕 결국 사과를 하고 나서야 일을 마무리할 수 있었다.

"아! 씨발! 그때 일을 생각하니 짜증이 올라오네… 언제부터 우리가 연예 기획사의 눈치를 보며 기사를 작성해야 하는 시대에 살게 된 거냐?"

"우리가 입사하기 전부터."

유정무는 답하기도 귀찮다는 듯 중얼거렸고, 소정봉의 투덜거림도 딱 거기까지였다.

"네가 그리 말하는 걸 보니 애도 꽤 배경이 좋은가 보네? 어디 괜찮은 아줌마라도 물었나?"

"웬만한 건 거기 안에 다 있는데, 자세한 건 네가 좀 더 알아봐. 그럼 견적 나올 거다. 난 이만 가야겠다. 조금 이따 방송국에 자료 넘겨주기로 했거든."

"고생해라. 이번 파도가 지난 다음에 술 한잔하자."

유정무는 손을 드는 것으로 대답을 대신한 후 옥상에서 내려갔고, 소정봉은 그가 보이지 않자마자 봉투를 열고 안의 내용을 확인했다.

"허얼~ 이거 완전 재벌급이잖아?"

추정 자산이 대략 2조, 거기에 사단법인 우당의 이사장이었다.

옥상에서 내려와 사내 네트워크에 저장된 우당에 대한 내용을 검색해 보곤 유정무가 조심하라고 한 이유를 이해할 수 있었다.

욕심 같아선 자료에 나와 있는 내용을 모두 기사화하고 싶었지만 곧 고개를 저었다.

협력 관계로 가면 서로 좋은 일을 괜스레 한순간의 특종 욕심에 일을 복잡하게 만들 필요가 없었다.

소정봉은 어디까지 기사화를 해도 될지 물어보기 위해 김철의 소속사인 KC엔터테인먼트로 전화를 걸었다.

　　　　　*　　　　*　　　　*

　[배우 김철, 사법시험 1차 합격! 몸매만큼이나 뇌까지 섹시한 남자!]

　낯 뜨거운 타이틀과 함께 상체를 탈의한 채 근육을 자랑하는 사진이 스포츠 신문 1면을 장식했다.

　어제 소정봉 기자에게서 연락을 받고 기사화될 것이라는 언질을 받았음에도 손발이 오그라드는 느낌은 어쩔 수 없었다.

　특히 비서실에 들어서자 신문과 나를 번갈아 보면서 묘한 표정을 짓고 있는 허진경을 보고 있자니 왠지 벌거벗은 기분마저 들었다.

　"이사장님이 도서관 가는 걸 본 적이 없는데 언제 사법시험을 준비하신 겁니까? 설마 그 뛰어난 기억력으로 한 번 본 책을 모조리 외우신 건가요?"

　허진경은 도저히 믿기지 않는다는 어투로 물었다.

　"부창부수라고, 석훈이랑 똑같은 얘기를 하는군요?"

　석훈도 아침에 인터넷에 뜬 기사를 보고 똑같은 말을 했다.

　"…누가 누구와 부부라는 겁니까?"

　"아! 그, 그냥 그렇다는 말입니다. 그리고 나름 열심히 공부를 했습니다만……."

"그러니까 제 말은 언제요? 제가 이사장님을 지켜봐서 알지만 공부와 거리가 상당한 분이셨습니다. 설마 요조숙녀라는 걸 그룹의 아가씨들과 모텔에서 사법시험 준비를 하셨던 건 아니실 테고."

외국에서 공부를 오래 해서 그런지 한번 경고를 했음에도 마치 애인처럼 꼬치꼬치 캐물었다.

"거기까지. 그냥 그런 걸로 해둡시다."

미래를 보고 오지 않았더라면 또 한마디 했을 것이다.

하지만 석훈과 함께 나의 죽음에 대해 이의를 제기하고 우당이 변질되는 것에 항의하는 기사를 본 뒤여서인지 지금의 모습이 나에 대해 우호적인 관심을 가진 것으로 비쳐 보일 뿐이었다.

비서실을 지나 내 사무실로 들어서자 가장 먼저 반기는 건 구수한 커피 향이었다.

오늘 일정표—아무것도 하고 있지 않았지만 매일같이 올라오는—와 함께 방금 막 사 온 듯한 따뜻한 커피가 책상 위에 놓여 있었다.

"커피 고마워요."

—제 일인걸요.

책상에 앉아 커피를 한 모금 마신 후 인터폰으로 고마움을 표하자 짧막한 답이 돌아왔다.

"그리고 오늘 오후 일정은 약속 때문에 힘들지만 오전 일정은 소화하고 싶군요."

—…아! 준비하겠습니다.

꽤 긴 침묵 뒤에 말을 하는 걸 보니 의외였나 보다.

"오늘 해가 서쪽에서 떴는지 창밖을 볼 필요 없습니다. 분명 동쪽에서 떴으니까요. 그리고 앞으로 웬만하면 모든 일정에 참석할 생각이니 지금보다 느슨하게 부탁합니다."

—…그렇게 생각하지 않았습니다만. 어쨌든 말씀대로 느슨하게 짜도록 하겠습니다.

언제나 삼촌인 허종욱 때문에 마지못해 일을 하고 있는 듯 보였던 허진경의 목소리에 살짝 기쁨이 느껴지는 건 내 착각일까?

각설하고 난 본격적으로 우당에 관여하기로 마음먹었고, 그 시작을 오늘 알렸다.

*   *   *

서울지검 광역수사대 2팀장인 도상엽은 직속상관인 광역수사대장 강진우 총경 앞에 고개를 숙인 채 서 있었다.

앞에서 연신 쏟아지는 질책들이 그에겐 지금까지 온갖 더러운 일을 하며 힘들게 세웠던 공든 탑이 무너지는 소리처럼 들렸다.

'빌어먹을! 너무 성급했어.'

그저 상사 눈치만 보며 적당히 시간만 때워도 알아서 직위가 올라갈 수 있었는데 사업을 하던 그의 형이 부도 위기에 처하면서 일이 꼬인 것이다.

어릴 때 부모님을 대신해 자신을 키우다시피 했고, 그의 중고등학교 학비는 물론 대학 등록금까지 대준 형이었기에 모른 척할 수가 없었다.

하지만 공무원에 불과한 그가 부도를 막기 위한 수억 원의 돈이 있을 리가 없었다.

그래서 그가 선택한 것은 작년에 얻은 치부책을 이용하는 것이었다.

모든 과정은 순탄했다.

수억 원쯤은 언제든 줄 수 있는 기업인을 목표로 정하고 증거 자료인 섹스 동영상을 들고 가 거래를 청했고, 단번에 그 동영상을 수억에 팔 수 있었다.

하지만 세상은 호락호락하지 않았다. 역풍이 분 것이다.

절대로 비밀로 하자고 다짐했던 기업인이 누군가에게 말했고, 그때부터 경찰청장, 지청장, 수사대장을 거쳐 그에게 날벼락이 떨어진 것이다.

"미친 새끼! 너만 좆 된 게 아냐! 네가 몇 푼 먹자고 그 자료를 까발리는 바람에 수사를 지시했던 나는 물론이고 지청장님이랑 청장님까지 의심받게 됐다 이 말이야. 이걸 어떻게 할 거야, 이 새끼야!"

벌써 다섯 번째 들은 얘기지만 도상엽은 어떤 대꾸도 할 수 없었다.

"무슨 말이라도 해보란 말이야, 이 개새끼야!"

퍽! 쨍그랑!

유리컵에 맞아 순간적으로 눈앞이 번쩍했다. 그리고 지독한 아픔과 함께 무언가가 볼을 타고 흘러내리고 있었지만 도상엽은 미동도 하지 않고 입을 다물고 있었다.

사실 지금은 무슨 핑계를 댄다고 해도 욕으로 이어질 게 분명했고, 화만 더 돋우는 꼴이 될 거라는 걸 잘 알고 있었다.

"휴우~ 빌어먹을 새끼… 학교 후배라고 지금까지 이끌어줬더니 이딴 식으로 내 뒤통수를 쳐?"

"…죄송합니다."

어느 정도 화가 꺾였다고 생각되었을 때 비로소 사과를 했다.

"닥쳐, 이 새끼야! 뭘 잘했다고 혓바닥을 놀려? 그리고 죄송할 일은 왜 하는데, 이 빌어먹을 새끼야!"

"……."

"어휴~ 병신새끼… 일을 하려면 제대로 하든가. 등신처럼 이게 무슨 꼴이냐, 이게."

강진우는 도상엽의 예상대로 화가 한풀 꺾였는지, 욕을 하다 지친 건지 의자에 몸을 기대며 긴 한숨을 내쉬었다.

"아무튼 넌 이제 경찰 조직에서는 더 이상 가망이 없어. 성질 같아선 옷을 벗게 만들고 싶은데 그동안 해온 일을 감안해 그것만은 참는다."

"…감사합니다."

쫓겨나도 할 말이 없었다.

다만 그동안 자신이 해온 일에 대해 함구한다는 조건으로 어디 적당한 곳의 파출소장 자리는 마련해 줄 것이라 은연중에 기대하고 있었다.

"쫓겨나는 주제에 감사는……. 그리고 마지막으로 충고하는데, 혹시 다른 물건이 있다면 잊어라. 또한 네가 했던 일들도 잊어라. 다음에 오늘과 같은 일이 있다면 그땐 정말……."

뒷말을 아꼈지만 무슨 말인지 도상엽은 알고 있었다. 아마 다음에 이런 일이 있으면 병풍 뒤에서 그를 보게 될 것이 분명했다.

"그런 건 없고, 이미 모두 잊었습니다."

아쉬움이 왜 없겠냐마는 형의 부도를 막은 것으로 만족해야 했다.

"그럼 됐다. 자! 네가 갈 곳은 여기 있다."

강진우는 전출 명령서를 도상엽에게 건넸다.

"서운해하지 마라. 이것도 최선이었다. 비록 너보다 나이 어린 상사와 일을 하겠지만 버텨라. 그리고 거기서 보란 듯이 성공하기 바란다."

"……!"

욕하던 강진우가 갑자기 웬일로 목소리가 사근사근해졌나 싶었는데 전출 명령서를 보니 이해가 되었다.

'…경찰에서 아예 솎아내겠다는 뜻이군.'

한마디 해볼까 했지만 그래서 바뀔 일이 아님을 누구보다 잘 아는 그였기에 체념해야 했다.

"충성! 그동안 감사했습니다."

인사를 하고 돌아서는 도상엽의 전출 명령서엔 국정원 특별 수사대 대리로 발령되었다고 적혀 있었다.

*   *   *

민종수에게 전화가 왔다.

―나, 종수. 너, 부동산에 관심 있다고 했었지? 좋은 건물 몇 개 나와서 너한테 소개시켜 주려고 전화했다.

"구경해 볼 수 있을까?"

―지금?

"왜, 안 돼? 안 되면 내일 봐도 되고."

―아니, 당연히 빠를수록 좋지. 워낙 좋은 물건들이라 빨리 결정하는 게 좋을 것 같거든. 어디서 볼까?

미래에서 돌아온 나는 이전보다 민종수를 처리하는 걸 서두르기로 했다.

계획 자체가 바뀐 건 아니었지만 밀고 당기고 하는 시간을 줄이려는 생각이었다.

난 지금까지와 달리 기사 딸린 회사 차를 타고 약속 장소로 갔다.

민종수는 소개시켜 주려 하는 건물 앞에서 서성이고 있었다.

"종수야, 여기!"

"오우! 이 차는 뭐냐?"

민종수는 일부러 차를 타고 온 보람을 느끼게 만들어줬다.

"법인 차. 이런 대형차는 타기 싫다는데도 비서가 안전상의 이유로 굳이 요런 걸로 뽑아주더라고."

에너지 효율은 최악이지만 안전성으로는 탱크와 비교된다는 차 중에서 최상위 모델이었다.

"이야! 너, 비서도 있었냐?"

그는 처음 듣는다는 듯 물어왔다.

"얼마 전부터 생겼다. 아버지가 유언으로 맡게 된 법인인데 여간 귀찮은 게 아니다."

"꽤 큰 곳인가 봐?"

"적당해. 혹시 우당이라고 들어봤나?"

"우당! 우리나라에서 비영리 사단법인으로는 손꼽힌다는 그 우당?"

"다른 우당이 없으니, 그 우당이 맞겠지."

"이야, 대박! 고등학교 때 짠돌이처럼 굴기에 나보다 못사는 줄 알았는데 이제 보니 아끼는 거였구나? 이 자린고비 같은 녀석! 이제부터 네가 만날 쏴라."

민종수는 이번에 제대로 된 연기를 보여줬다.

장난처럼 헤드록을 걸면서도 내가 부자인 것을 진심으로 축하해 주는 듯 행동했다.

"하하! 미안. 나도 아버지가 부자인 건 몰랐거든."

"그게 무슨 말이야? 어떻게 네가 모를 수가 있냐?"

"그게 어떻게 된 거냐 하면 말이야……."

어차피 민종수도 알고 있는 이야기를 숨길 이유가 없었다. 오히려 그가 모를 만한 사실까지 얘기해 줌으로써 내가 그를 무척 친하게 생각한다는 인상을 남길 수 있었다.

"괜히 다른 사람들에겐 얘기하진 마. 갑자기 부자가 됐다고 하면 승냥이 같은 놈들이 돈 냄새를 맡고 몰려들 것 아냐. 그딴 건 딱 질색이다."

"당연하지. 나도 그런 일을 당해봐서 좀 아는데, 귀찮아 죽는다."

"이해해 주니 고맙다. 이래서 서로에 대해 아무것도 몰랐던 시절의 친구가 진정한 친구 아니겠냐?"

"그럼! 물론이지. 돈 생겼다고 나 무시하면 넌 완전 나쁜 놈이다. 오케이?"

"하하! 걱정 마라. 내가 널 안 믿으면 누굴 믿겠냐? 그건 그렇고 일단 네가 말한 건물이나 볼까?"

"응, 이리 와. 처음으로 보여줄 것은 어제 급매물로 나온 건데, 꽤 좋아. 다른 건물도 근처에 있으니 일단 이거 보고 옮기자."

민종수는 부동산 업자처럼 세 곳을 돌며 건물의 임대 현황과 가격 등을 상세히 설명해 줬다.

환심을 사려는 것인지 하나같이 괜찮은 물건들로 모두 마음에 들었다.

"어떤 걸로 할래? 내가 보기엔 입지 조건도 처음 게 제일 좋아 보이던데."

"셋 다 계약하자."

"셋 다?"

누구라도 탐낼 만한 건물들이라 지금 당장 계약하지 않으면 금세 팔릴 것 같았다. 그래서 서두르는데 민종수가 약간 당황하는 듯한 기색을 보였다.

"문제 있어?"

"아, 아니. 문제는……. 더 알아보지도 않고 결정을 해서 나중에 괜히 네가 곤란할까 봐. 그러지."

내가 곤란한 게 아니고 민종수가 곤란한 것 같았다. 그의 곤란은 나의 기쁨. 난 모른 척 말했다.

"난 널 믿는다. 그리고 내가 결정한 건 내가 책임질 테니까 걱정 마라. 쇠뿔도 당긴 김에 빼랬다고, 당장 계약해 버리자."

그가 곤란해하던 이유는 계약이 끝나고 건물대장을 보고 알았는데 모두 미향투자건설과 관련이 있는 건물들이었다.

한 채 정도는 투자로 생각했겠지만 알토란 같은 건물 세 채를 싼값에 넘기려니 당황할 수밖에 없었던 것이다.

"성격도 급하긴……."

"오늘 당장이 아니라도 괜찮아. 하지만 나흘 뒤에 미국에 가야 해서 그 전에 끝냈으면 해."

"미국은 왜?"

"겸사겸사. 아! 너도 같이 가자. 한 가지 일만 보고 나면 푹 쉬다 올 생각이거든. 오늘 일에 대한 고마움이라기엔 뭐하지만 모든 비용은 내가 낼게. 이왕이면 유리랑 우희랑 같이 데려가면 더 좋고."

"…얘기해 볼게."

잠시 고민하던 그는 얘기해 본다는 말로 마무리했다. 하지만 난 그가 따라간다는 데 전 재산을 걸 수 있었다.

＊　　　＊　　　＊

"축하해. 난 설마 네가 진짜 사법시험에 합격할 줄은 몰랐어."

최정연은 꽤 놀란 얼굴로 축하 인사를 건넸다.

"무슨 축하 인사가 그래? 기분이 영 거시기한데? 나를 도대체 어떻게 생각하고 있었던 거야?"

"삐딱하게 받아들이지 마. 솔직히 모범생 스타일은 아니잖아. 그저 놀라서 그러는 것뿐이니까. 근데 2차도 볼 거야?"

"당연히! 안 볼 거야. 나 같은 사람이 법조계에 어울릴 리가 없잖아. 검사가 됐는데 범인이 막 반하고 그러면 곤란하잖아."

"으엑! 김칫국은… 어울리지 않는 게 아니라 자신이 없는 거겠지."

최정연과 함께 나온 류성은은 내 장난을 진지하게 받아들였는지 뭐 씹은 얼굴을 하고 한마디 했다.

하여간 귀여운 구석은 어릴 때 이후로 찾아볼 수 없는 애다.

도발을 도발로 맞받았다.

"언젠가 비슷한 얘기를 누군가에게 들어본 것 같은데? 그래서 결과가 어떻게 되었더라……?"

"흥! 걱정 마. 광고에 관한 약속은 지킬 테니까. 허약한 주제에 입만 살아서는……."

"…허약한?"

이번 인생에서 결단코 단 한 번도 들어보지 못한 말이었다. 누가 감히 나에게 '허약한'이라는 단어를 쓸 수 있었겠는가.

지금까지는 말이다.

"으득! 다시 해볼까?"

"글쎄, 기절하는 게 취미가 아니라면 차라리 공부를 하는 게 나을 것 같지 않아?"

류성은이 결국 내 마음에 불을 질렀다.

"광고 필요 없으니까, 한번 붙자!"

이번엔 나의 숨겨진 기술까지 써서라도 반드시 쓰러뜨릴 생
각이었다.

"됐네요. 진 다음 약속을 안 지키네, 또다시 붙어야 하네,
그런 소리 듣기 싫어."

"절대 그런 말 안 할게. 그러니……."

"둘 다 그만해라. 가만 보면 만날 때마다 싸우는데 지겹지
도 않아?"

최정연이 류성은과 내 시선이 맞닿는 곳에 손을 휘저으며
끼어들었다.

"기집애야! 회사에 일이 있다고 엉뚱한 곳에 화풀이를 하면
어쩌자는 거야? 철아, 네가 이해해. 쟤가 오늘 좀 저기압이야."

'마법에 걸린 거냐?'라고 말하고 싶었지만 류성은이 먼저 포
문을 열었다.

한데 그 방향이 최정연을 향했다.

"하아~ 최정연! 너, 지금 나 말고 얘 펀드는 거니? 사랑 앞
에선 10년 우정도 소용이 없구나?"

"편을 드는 게 아니라……."

"됐어! 너만은 안 그럴 줄 알았는데……. 정말 서운하다, 최
정연. 나 갈래."

"어, 어딜 가? 그리고 내 말이 틀린 것도 아니잖아. 축하하러 와서 비꼬는 투로 말하면 누군들 기분이 안 나쁘겠어?"

"뭐? 너, 말 다 했니?"

나와 류성은의 싸움이 최정연과 류성은의 싸움으로 바뀌었다.

주먹다짐 혹은 욕이 오가는 남자들의 싸움과는 전혀 다른 느낌의 싸움이었지만 옆에 있는 사람을 불편하게 만든다는 점에서 똑같았다.

"자, 자, 그만들 싸우고 차분히 얘기하자."

점점 목소리가 커져 레스토랑 종업원들이 무슨 일인가 기웃거리는 상황까지 왔고 결국 싸움 당사자였던 내가 중재자로 나서야 했다.

"내 말이 틀리지 않잖아, 안 그래? 그리고 자긴 좀 빠져 있어봐!"

"그래, 넌 좀 빠져. 그리고 우린 싸우는 게 아니라 의견을 조율하는 것뿐이거든!"

한마디 했다가 순간적으로 두 여자의 공격을 받았다.

마음 같아선 그냥 조용히 나가고 싶었지만 원인 제공자이기도 했기에 지켜볼 수만은 없었다.

제6장

미국에서

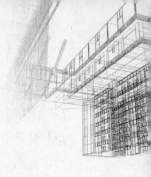

"잠깐! 1분만 내 애길 들어줘. 그 후에도 계속 싸움··· 의견
조율을 하겠다면 내가 완전히 빠져줄게."

"······."

"···말해봐."

여기서 마음을 가라앉혀야 할 사람은 당연히 현재 혼자라
고 느끼는 류성은일 것이다. 물론 최정연의 기분을 상하게 만
들지 않아야 한다는 전제 조건을 만족하는 상태에서 말이다.

난 짧은 순간 고민을 해 위 사항을 모두 만족할 만한 해법
을 생각했다.

하지만 여자의 육체에 대해선 조금 알아도 정신세계에 대해

선 문외한인 내가 딱히 좋은 생각이 있을 리 만무했다.

그저 귀를 기울이고 들어주는 수밖에.

"일단 얼핏 들으니 회사 일 때문에 신경이 예민해진 것 같은데 내가 들어도 된다면 무슨 일인지 말해봐."

"그런다고 달라지는 것도 아니잖아?"

"성은이랑 싸운다고 달라지는 것도 없잖아? 그래도 혹시 알아? 해법은 못 얻어도 기분이 좋아질지도."

"……."

"그래. 나도 자세히는 모르니까 속 시원하게 얘기해 봐."

최정연이 옆에서 거들자 그제야 그녀가 입을 열었다.

"회사의 미래 성장 동력에 관한 일이야. 말 못 할 사정으로 난 창천화학을 크게 키워야 해. 한데 어떻게 해야 할지 감이 잡히지 않아 고민하는 중이야."

역시나 듣는 것만으로 만족해야 할 모양이었다.

고민에 크기의 차이가 있겠냐마는 굳이 따지자면 내 고민에 비할 바가 안 되었다. 하지만 입 밖에 내선 안 될 말이었다.

난 딱히 해줄 말이 없었기에 그저 공감한다는 의미로 심각한 표정으로 고개만 주억거렸다.

한데 최정연이 좋은 생각이 있는지 밝은 표정으로 손가락을 튕기며 입을 열었다.

"철이한테 물어봐."

"…엥?"

류성은의 입이 아닌 내 입에서 어이없다는 의문형 감탄사가 튀어나왔다.

"철이, 너 간혹 미래가 보인다며? 그럼 네가 성은이한테 유망 사업에 대해 얘기해 주면 되잖아?"

"…하하, 내가 그랬었나?"

욱해서 잘난 척하는 버릇을 없애든가 해야지, 이러다간 내가 염원이었던 사실까지 주절거리고 다니겠다.

"하지만 갑자기 묻는다고……."

모른다고 말하려다 보니 문득 머릿속에 떠오르는 것이 있었다.

"음, 떠오르는 게 있는데 딱히 어떨지 모르니까 들어보고 판단은 네가 해."

"당연하지."

"화학이니까 화장품하고 관계가 있지?"

"응, 완제품을 만들진 않지만 원료를 만들어 납품하고 있어."

"그럼 완제품을 만들어 팔아."

"…그 생각을 안 해본 것은 아니야. 이미 몇몇 제품을 만들어서 샘플도 있는 실정이고. 하지만 브랜드를 알리고 기존 제품과 경쟁을 해 시장 점유율을 높이는 건 쉽지 않아."

"그렇겠지. 국내에선."

"중국을 생각하는 모양인데 중국은 오히려 우리나라보다 더 심하면 심했지, 덜하진 않아."

어쩌다가 사업 설명회 분위기가 되었는지 모르겠다. 류성은은 내가 회사 직원이라도 되는 줄 아는지 사사건건 반론을 내세웠다.

조금만 더 얘기해 주고 말자는 심사로 말을 이었다.

"비싸게 팔 생각만 버리면 돼. 그렇다고 제품의 질이 떨어져서는 안 되겠지."

"저가 시장을 공략해라?"

"그래. 제품의 질이 좋은 한국 제품이라는 타이틀만 얻으면 돼. 그럼 분명 성공할 거야."

일어날 사실을 전달하고 있기에 특별한 일이 없다면 일어날 일이었다. 다만 과실을 얻는 사람은 바뀌게 되겠지만 말이다.

"중국의 저가 화장품 시장이 만만한 곳인 줄 알아? 중국 인구를 들먹이며 사업의 성공을 말했다가 쓰러진 기업들이 내가 아는 것만 수백 개야. 또한……."

"워워~ 진정해. 난 너희 회사 직원도, 사업가도 아냐. 또한 설명해 줘도 알아들을 수가 없어. 그저 유망하게 보여서 말한 것뿐이고, 그걸 믿고 안 믿고는 네가 선택할 몫이야."

말을 하다 보니 역술인처럼 말하고 있다.

"창천화학에 대해서 내가 해줄 수 있는 말은 여기까지. '네가 원하는 대로 잘될 거야'라는 격려의 말은 보너스. 이젠 이 걸로 그만 싸워."

"우린 싸운 적 없는데? 안 그래, 정연아?"

"응, 없었어. 그나저나 철이 말 잘 생각해 봐. 엄청 잘 맞는 다며? 이번에도 분명 좋은 결과가 있을 거야."

"……."

언제 싸웠나 싶을 정도로 화기애애한 두 사람을 보고 있자 니 뭔가 낚인 듯한 기분이 들었다. 그와 함께 묘한 기분이 소 용돌이쳤다.

'딱히 손해 볼 것이 없음에도 왠지 억울한 이 느낌은 뭐지?'

그러나 최정연이 본격적으로 축하해 준다고 손을 잡아끄는 바람에 깊이 생각할 여유가 없었다.

*   *   *

우우웅! 우우웅!

호주머니에 넣어둔 전화기가 계속해서 울었다.

"쯧! 전화기를 바꾼 지 얼마나 됐다고 또 시작이군."

혹시나 싶어 전화기를 꺼내 메시지를 확인했지만 역시나였 다.

[오늘 전화번호를 알아낸 김에 내 사진 몇 장 보내. 사랑해,

오빠.]

[나 지금 OO호텔 1605호에 있어. 뜨겁게 해줄게 얼른 와.]

[미국엔 무슨 일로 가는 거야! 설마 날 두고 다른 년을 만나러
가는 건 아니겠지?]

…….

마치 여러 명의 애인이 보낸 메시지 같은 문자들은 내 팬이
라고 자처하는 이들에게서 온 것이다.

문자만 보내면 그나마 양반이다.

얼굴을 가린 반나체의 사진이나 은밀한 곳이 찍힌 사진 등
불법 성인 사이트에서 봄 직한 사진들도 잔뜩 보내왔다.

"…크흠! 고객님, 비행기가 이륙을 준비 중이니 가급적 스마
트폰은 꺼주시기 바랍니다."

뒤에서 나타난 스튜어디스가 이상한 애들이 보내온 사진들
을 보곤 민망한 표정이 되어 말했다.

"바로 끄겠습니다. 그리고 오해 마십시오. 일부 이상한 팬
들이 보내온 것인데, 지우려고 했습니다."

"…오해하지 않았습니다, 고객님. 그럼."

인사를 하고 가는 스튜어디스는 분명히 오해를 한 얼굴을
하고 있었다.

"…이거야, 졸지에 이상한 놈 되는군."

비행시간이 14시간이나 되는데, 가는 내내 불편하게 생겼

다. 차라리 이렇게 된 거 부족한 잠이나 실컷 자야겠다.

생각한 것처럼 식사를 할 때 잠깐씩 일어나는 것을 제외하곤 도착할 때까지 자다 깨다를 반복했다.

LA와 한국의 시간 차는 한국이 16시간 빨랐는데, 마치 시간 여행을 한 듯 도착하고 났더니 오히려 두 시간이 당겨져 있었다.

"김철 씨! 여깁니다, 여기!"

출입국관리소를 거쳐 밖으로 나오자 '김철'이라고 적힌 팻말을 들고 있던 사내가 손을 흔들며 반겨줬다.

"LA에 계시는 동안 안내를 맡게 된 조나단입니다."

"반갑습니다, 조나단. 괜히 불편하게 해드린 것은 아닌지 모르겠습니다."

조나단은 전문 가이드가 아니라 LA에 사는 허진경의 친구였다.

LA로 간다니까 괜찮다는데도 굳이 그를 가이드로 붙여준 것이다.

"하하하! 아닙니다. 누구 부탁이라고 거절하겠습니까. 한국에 갈 땐 항상 걔한테 신세를 지니 이럴 때 조금씩 갚아야죠."

공항에서 시내로 가는 도중 이런저런 얘기를 나누었는데—난 주로 들었지만—활발하고 서글서글한 것이 꽤 괜찮은 남자였다.

"진경 씨와 친구라면 저보다 한참 형이신데 말씀 편하게 하세요. 저도 그 편이 편해서요."

"그럴까? 진경이의 어린 상사라고 해서 어떻게 대해야 하나 고민했는데 그리 말해주니 고맙다."

"별말씀을요. 근데 형은 이곳에서 산 지 오래됐어요?"

"나? 유학 왔다가 와이프를 만나 결혼하면서 정착한 케이스야."

"형수님이 엄청 예쁘시나 봅니다?"

"정확하게는 예뻤지. 한번 볼래?"

그는 스마트폰에 가족사진을 띄워서 보여줬는데, 동글동글한 금발의 미인—과거형을 쓴 이유가 있었다—과 혼혈인 두 아이가 활짝 웃고 있었다.

"우와! 형수님은 미인이었지만 아이들은 정말 미래가 기대되네요."

특별히 공들여 찍은 사진이 아님에도 아이들은 모델처럼 귀엽고 예뻤다.

"커봐야 알지."

조나단은 대수롭지 않은 듯 말했지만 표정에선 나름 자부심을 느끼는 모양이었다.

"혹시 나중에 애들이 더 커서 연예인 하고 싶다면 저희 회사로 보내세요. 제가 잘 돌봐줄게요."

립 서비스를 하는 김에 좀 더 했다.

"그래? 애들을 위해서라도 미리 약 좀 쳐야겠는걸? 편하게 모시겠습니다, 사장님. 하하하!"

너스레를 떨어가며 얘기를 하다 보니 미국에 있을 동안 머물 곳까지 금세 도착할 수 있었다.

"휘익! 좋군요."

샌타모니카 해변과 조금 떨어진 곳에 위치한 별장은 LA의 맑은 하늘과 너무나도 잘 어울리는 곳이었다.

"지불한 돈이 얼만데 이 정도는 돼야지. 안내해 줄 테니 들어가자."

이번 여행에 예전의 나라면 아까워 쓸 생각도 하지 못했을 금액을 썼다.

물론 아등바등할 때에 비하면 큰돈이지, 지금은 은행 예금의 하루 이자도 안 되는 돈에 불과했다.

대여한 별장은 겉에서 보는 것보다 훨씬 넓고 좋았다.

"수영장 물은 이틀 전에 갈아서 깨끗할 거고, 냉장고에 있는 음식은 어제 장을 봐둔 것이라 아무거나 먹어도 괜찮을 거야."

"고생하셨습니다."

"돈 받고 하는 일인데 허투루 할 수 있나. 참! 혹시 국제면허증 있으면 차고에 있는 차를 이용해도 좋아. 내가 집주인과 아는 사이라 막무가내로 졸랐지."

"하하! 안타깝게도 없습니다. 좋은 차면 형이 몰고 시내 구경이나 시켜주세요. 아까 올 때 보니까 한글 간판이 많은 게 한국 같더라고요."

"코리아 타운이니까. 근데 시내보다 해 질 녘 샌타모니카 해변을 구경하는 게 더 좋을 거야. 일몰이 일품이거든. 흐흐흐! 특히 아가씨들도 좋고."

둘을 제외하곤 아무도 없는데 조나단은 아가씨 부분에서 속삭이듯이 말했다.

"그래요? 그럼 시내는 계획대로 내일 가고, 해변으로 가죠."

"낮 햇살은 너무 뜨거우니까 좀 있다가 나가자. 해 질 녘이 다니기가… 쏘리, 전화받고 올게."

그는 통화를 위해 밖으로 나갔다.

'일이 생겼나 보군.'

통유리 밖에 있어 목소리는 들리지 않았지만 그의 표정으로 전화 내용을 짐작할 수 있었다.

통화를 끝낸 조나단은 애써 밝은 표정을 지으며 들어왔다.

"미안, 어디까지 얘기했더라?"

"해 질 녘이 다니기 좋다고요. 근데 생각이 바뀌었어요. 시차 때문인지 좀 피곤해서 오늘은 그냥 쉬어야 할 것 같아요."

"……."

"형은 이만 가세요. 대신 내일은 일찍 와주시고요."

"…눈치챘냐? 이렇게 표정 관리가 안 되니 집에서 만날 혼나지. 어쨌든 생각해 줘서 고맙다. 내가 운영하는 PC방에 문제가 생겼는데 큰일은 아니니 해결되는 대로 금방 다시 올게."

"저 신경 쓰지 마시고 천천히 일 보시고 내일 오세요."

한사코 일이 끝나면 오겠다는 그를 내쫓듯이 등을 밀어 차가 있는 곳까지 왔다.

"정말 면목이 없다. 내일은 내가 완벽한 가이드가 되어줄게."

"네, 네, 얼른 가세요."

"너무 늦게 다니지 말고. 으슥한 골목길은 피해. 그리고 어두운 곳에선 잘 안 보이겠지만 눈빛이 풀린 듯한 애들은 피하는 게 좋아. 약 하는 애들이 꽤 있거든."

조나단은 내가 혼자서 구경 갈 것을 알았는지 가는 순간까지 주의 사항을 말해주었다.

그의 차가 사라진 후 집으로 들어가 짐을 풀어 편안한—민소매 티에 반바지—옷을 입고 집을 나섰다.

"해가 강하긴 하네."

선글라스를 끼지 않고 보면 세상이 새하얗게 탈색된 것처럼 보일 정도였다.

하지만 이국적인 도시를 홀가분한 느낌으로 걷는 것은 꽤 기분이 좋은 일이었다.

해변 주위에 즐비하게 늘어선 다양한 모습의 호텔을 지나 넓은 백사장으로 들어섰다.

비키니를 입고 선탠을 즐기는 미녀들, 더운 날씨임에도 가습 흔들리는 걸 개의치 않고 공놀이에 여념이 없는 미녀들, 외국인의 체형과는 차이가 있지만 비치 웨어를 입고 물장난을 치고 있는 동양인 여자애의 늘씬한 다리.

역시 바다, 그중에서도 해변은 시선 둘 곳이 많은 곳이었다.

고개를 움직이지 않고 눈만 돌려 해변을 탐색하던 난 문득 좀 전에 이미 스캔한 곳으로 다시 시선을 돌렸다.

'동양인 여자애?'

선글라스까지 벗고 자세히 동양인 여자애를 살피던 난 나도 모르게 큰소리로 그녀의 이름을 말했다.

"에엑, 여지민?!"

그랬다.

늘씬한 다리에 제법 글래머러스한 몸매를 한 동양인 여자애는 여지민이었다.

어머니와 휴가를 떠났다고 들었는데 그녀가 왜 여기에…….

현실을 인지하자 비로소 보이지 않던 게 보였다.

여지민의 어머니는 그녀와 조금 떨어진 모래사장에 앉아 물놀이를 하는 여지민을 사랑스러운 눈빛으로 바라보고 있었다.

낯선 이국에서 여지민을 만나 반갑기도 했지만 나 같으면 여행 와서 회사 사장을 만나는 끔찍한 일을 당하긴 싫었기에 다시 선글라스를 고쳐 쓰고 조심스레 뒤돌아 가려 했다.

그러나 아까 외친 소리가 너무 컸나 보다.

"…사장님?"

모른 척 가려 했지만 여지민의 발걸음은 생각보다 빨랐다.

"사장님이라니? 너네 회사 그 젊은 사장님 말이니?"

게다가 그녀의 어머니까지 다가오니 어쩔 수가 없었다.

"하하… 안녕하셨습니까, 지민이 어머님. 일 때문에 왔는데 지민이와 어머님이 여기 계시다니. 세상 참 좁은 것 같습니다."

여지민과 계약할 때 어머님과 본 적이 있었다.

"안녕하세요, 사장님. 그러게요. 지민이에게 잘해주신다는 말은 언제나 듣고 있었어요. 한번 찾아뵙는다는 게 사는 게 바쁘다 보니 차일피일 미루다 여기서 뵙게 되네요."

정중한 태도로 고개를 숙이는 그녀의 모습에 난 재빨리 다시 고개를 숙였다.

"말씀 편하게 하십시오. 그리고 지민이 능력이 뛰어난 거지 제가 한 일은 없습니다."

"아니에요. 제가 연예계를 잘 모르지만 만만한 곳이 아니라는 것은 들어서 알고 있어요. 지민이를 아껴주시고 행복하게 해주셔서 얼마나 감사한지 모릅니다."

"하하! 아닙니다. 회사가 당연히 해야 할 일인데요."

칭찬 릴레이도 아니고 한번 굽힌 허리를 쉽사리 펼 수가 없었다.

이러다간 끝이 없을 것 같아 결국 대화 상대를 여지민으로 바꾸었다.

"근데 지민아, 여행지가 미국이었냐? 내가 알기론 유럽이었던 걸로 아는데?"

"유럽이었는데 제가 꼭 와보고 싶었던 곳이 미국이라 상무님께 말씀드려 바꿨어요."

"잘했다. 이왕이면 보고 싶은 곳에 가는 게 최고지. 여긴 할리우드 보려고?"

"아, 아뇨."

"그럼 어디?"

묻고 난 다음 번쩍하고 떠오르는 장소가 있었다.

"디즈니랜드?"

"…네."

여지민은 부끄러운 짓을 하다가 들킨 것처럼 얼굴을 붉히며 말했다. 그 모습이 천상 애였다.

"하하하! 뭘 그리 부끄러워하냐. 나도 가보고 싶은 곳이기도 해."

"그, 그럼 같이 가실래요?"

"어머님과의 휴가를 내가 망칠 수 있나. 그리고 난 일이 있어 온 것이라 시간이 없기도 하고."

"아, 네……."

"대신 저녁은 제가 대접하고 싶은데 괜찮으시죠, 어머님?"

외국에서 우연히 만났지만 그냥 보내는 건 아무래도 사장의 도리가 아닌 듯했다.

"가이드에게 물어봐야 하는데 아마 괜찮을 거예요."

"아! 그러고 보니 매니저랑 가이드가 안 보이는군요. 호텔이 있습니까?"

"아뇨, 숙소가 문제가 생겨서 해결한다고 갔어요."

이제 보니 아까 여지민의 어머니가 앉아 있던 곳에 여행 가방 두 개가 덩그러니 놓여 있는 게 보였다.

정확한 사정은 모르지만 비싼 돈을 주고 고용한 관광 가이드가 무슨 일을 이따위로 하는 건지 모르겠다.

가이드는 물론이고 매니저인 임병호에게도 화가 났지만 지금은 내 기분보다 여행을 온 두 모녀의 기분이 우선이었기에 짐짓 모른 척 말을 이었다.

"그럼 일단 시원한 음료수부터 드시면서 두 사람이 오길 기다리죠. 제가 금방 사 오겠습니다."

"괜찮아요. 마실 거라면 가방에 있어요."

"하하! 제가 먹고 싶어서 그런 겁니다. 잠깐만 기다리세요."

너스레를 떨며 두 사람을 안심시킨 후 조금 전 지나치다가 본 음료수 가게로 향했다. 그리고 어느 정도 거리가 멀어졌을 때 임병호에게 전화를 걸었다.

—예, 형… 사장님.

"지금 어디냐?"

—미국입니다. 지민이 휴가에 따라왔습니다.

"그건 나도 안다. 내 말은 매니저라는 녀석이 담당 연예인을 방치해 놓고 어디에 가 있는 거냐고."

최대한 화를 내지 않고 말하려고 했지만 잠깐이나마 내 매니저를 했었던 임병호는 내가 화가 났음을 눈치챈 모양이었다.

―그걸 어떻게……. 아! 지, 지금 방을 구하느라 가이드와 함께 호텔을 돌고 있습니다.

"출발 전에 이미 다 구해놓은 방을 왜 구해?"

―그게… 잘은 모르겠는데 가이드 말로는 이중 예약이 되었답니다. 지금 막 새로운 방을 구했으니 지민이에게 가겠습니다.

"그럼 일단 나한테로 와."

―네? 한국으로요?

"나도 지금 샌타모니카 해변에 있어. 여지민이 있는 곳 근처의 카페테리아에 있으니 당장 달려와."

임병호가 일을 열심히 해서 얻어낸 휴가라면 몰라도 여지민의 안전을 위해 딸려 보냈는데 자신의 할 바를 못했다면 혼이 나야 했다.

"헉헉헉! 사, 사장님께서 여, 여긴 웬일이세요?"

한데 5분쯤 지나자 커다란 짐을 낑낑거리며 든 채 입고 있는 티셔츠가 반쯤 젖을 정도로 달려온 모습을 보니 할 바를 못 한 것이 아니라 돌발 상황에 어찌할 바를 모르고 있는 게 아닌가 싶었다.

그래서 화를 내기보단 충고를 했다.

"짜샤! 네가 이곳에 왜 왔는지 망각하지 마라. 방을 구하는 게 중요한 게 아니라 여지만과 어머니의 안전이 우선이다."

"무, 물론이죠. 한데 숙소가 없어서……."

"비싼 돈 주고 가이드를 왜 고용했겠냐? 그 사람한테 맡기든가 아님 회사로 연락해서 조치를 취하든가 해야지. 여기다 놔두고 가버리면 어쩌자는 거냐?"

"…죄송합니다."

"가이드는 어디 있냐?"

"저 먼저 뛰어왔습니다. 뒤따라온다고 했으니 곧 올 겁니다."

"난 가이드와 할 얘기가 있으니 너 먼저 가 있어. 이 음료수는 하나는 너 마시고, 나머지는 지민이와 어머님께 가져다 드려라."

"네. 심려를 끼쳐 죄송합니다."

"알았으면 됐다. 여행 일정표 있음 주고 가라."

실수는 누구나 한다. 누군가의 목숨이 달려 있는 치명적인 실수가 아니라면 그 실수를 통해 배우고 두 번 다시 반복하지 않으면 됐다.

'가이드가 무슨 생각인 거지?'

호텔방이 이중으로 예약되었다면 호텔이 책임지는 게 당연했다. 또한 가이드가 바보가 아닌 이상 이런 사실을 모를 리가 없었다.

한데 방을 구하러 직접 다닌다?

문제가 있는 게 분명했다.

가이드로 보이는 인물은 임병호가 여지민 모녀에게 가고 10분 쯤 지나자 여유로운 걸음걸이로 카페테리아로 와 임병호를 찾는지 두리번거렸다.

그러다 자신을 유심히 바라보는 시선을 느꼈는지 내 쪽으로 다가왔다.

"병호의 상사 되시는 분 맞죠?"

며칠간 같이 다니다 보니 임병호와 말을 튼 모양이었다.

"그렇습니다."

"무척 낯이 익군요? 예전에 혹시 나한테 가이드받은 적 없었어요?"

"없었습니다. 한데 숙소는 어떻게 된 겁니까?"

"좀 꼬였습니다. 걱정 마세요. 제가 말끔히 해결했으니까요."

가이드는 자신이 모두 해결했기에 문제가 없다는 듯이 말했으나 난 전혀 그렇지 않았다.

"새로 구한 호텔은 어딥니까?"

"샌타모니카 해변이 가까이에서 보이는 임페리얼 호텔입니다. 그곳에서 보는 낙조는 그야말로 예술이죠. 게다가 최근에

지어진 곳이라 깨끗하고 아침 식사가 좋은 곳으로 유명하죠."

그는 호텔이 얼마나 좋은지 장황하게 설명했지만 난 건성으로 들으며 스마트폰을 꺼내 임페리얼 호텔이라는 곳을 검색했다.

원래 묵기로 했던 호텔과 비교해 꽤 저렴한 호텔이었다.

"제가 보기엔 설명과 달리 썩 좋아 보이진 않군요?"

"…하하! 어떤 호텔과 비교하냐에 따라 다르죠. 제가 장담하는데 이 일대에선 그만한 곳이 없습니다. 특히 요즘 같은 성수기에 그곳에 방을 구했다는 자체가 기적입니다. 제가 발이 넓어 가능한 일이지 웬만한 가이드들은 절대 불가능한 일이죠."

"고생하셨습니다. 한데 일정표의 호텔과 가격 차이가 꽤 나는 곳인데 차액은 어떻게 되는 겁니까?"

난 말이 길어지는 그의 정곡을 찔렀다.

"그건… 그러니까……. 가격이 조금 차이가 나긴 하지만 성수기에는 보통 방값이 두 배, 아니, 세 배까지 오르기도 하고……. 대신 3일간 제공되는 식사와 서비스는 훨씬 좋게 업그레이드되어 제공될 겁니다."

하나는 1,000불짜리 방이었고, 하나는 300불짜린데 조금 차이 난다고 하기엔 무리가 있었다. 한데 그는 횡설수설하며 그냥 넘어가려 했다.

"뭐, 그렇다면 괜찮지만……."

내가 괜찮다고 말하자 그의 표정은 순간 밝아졌다. 그러나 한국말은 끝까지 들어봐야 아는 법.

"전 방이 없다고 아무런 조치 없이 예약자를 거리로 몬 호텔이 용서가 안 되는군요. 저랑 이중 예약이 됐다는 호텔로 갑시다. 따져야겠습니다."

"이, 이미 제가 충분히 따졌습니다."

"잘하셨습니다. 그러나 그것만으론 부족합니다. 특급 호텔이 그런 식으로 영업을 해서야 되겠습니까? 차 있으시죠? 가지고 오세요. 제가 지민이를 데려오죠. 제대로 된 사과를 받지 못한다면 제가 아는 기자들에게 말해 절대 투숙하지 말라고 소문이라도 낼 겁니다."

"그, 그게……."

"아! 그리고 여행사에 전화해서 예약했다는 증거를 보내달라고 말해주세요. 아무래도 증거가 있어야 목소리에 힘이 실리지 않겠습니까?"

가이드는 얼어붙은 듯 멍하니 서 있었다.

'자, 이제 어떤 핑계를 댈 거지?'

난 말로는 어서 호텔로 가자고 했지만 움직이지 않고 그가 어떻게 할지 쳐다보고 있었다.

그가 이번에도 어쭙잖은 핑계를 댄다면 끝까지 가볼 생각이었다.

그는 복잡한 심사를 숨기지 못했는데 현재 마음을 표현이라도 하는 듯 길지 않은 시간 동안 표정이 쉴 새 없이 변화했다.

그리고 마침내 결심이 섰는지 굳은 얼굴로 입을 열었다.

"…죄송합니다. 실은 제가 갑작스레 돈이 필요해 호텔 계약할 돈을 써버렸습니다. 다, 당장 갚아야 하겠지만 지금은 없습니다. 이 주일만… 아니, 한 달만 기다려 주시면 꼭 갚겠습니다. 그러니 회사에 연락만 말아주십시오."

그는 악어의 눈물일지도 모르지만 눈물까지 글썽이며 용서를 빌었다.

그리고 그 모습에 난 마음이 약해졌다.

만일 누군가가 다치거나 손해를 입었다면 절대 용서하지 않았을 것이다.

"순순히 잘못을 인정하시니 회사엔 연락하지 않겠습니다. 또한 지난 삼 일 동안 저기 세 사람에게 어떻게 대했는지 물어보고 즐거웠다고 하면 당신이 사사로이 취한 호텔비는 수고비로 대신하겠습니다."

"…용서해 주시는 것만으로도 감사한데 그렇게까지."

"하지만 이 시간 이후부턴 당신의 가이드는 받지 않겠으니 회사에 연락해 가이드를 교체 요청을 해주시기 바랍니다. 제 말에 동의하십니까?"

"무, 물론입니다. 정말 면목이 없습니다."

과연 잘한 일인지 모르겠다. 다만 앞으로 그와 그가 상대하게 될 관광객들에게 조금이라도 긍정적인 영향이 미치길 바랐다.

"작별 인사는 됐습니다. 갚아야 할지 말지 여부는 전화로 알려 드리죠."

막 돌아서려 할 때였다.

'어라? 염의 에너지가……!'

염의 에너지가 차오른다는 건 가이드를 용서한다는 나의 선택이 옳았다는 얘기.

보통 다른 사람의 인생에 긍정적인 영향을 끼쳤을 때 일주일에서 한 달 치의 에너지가 차올랐다. 한데 이번엔 차오르는 양이 세 달 치가 넘었다.

"자, 잠깐만요."

난 어깨를 늘어뜨리고 힘없이 가고 있는 그를 불러 세웠다. 그는 내 마음이 변했을까 화들짝 놀라 뒤돌아보았다.

"마음이 변한 것은 아닙니다. 혹시 당신이 돈을 유용(流用)했던 이유를 알 수 있겠습니까?"

"그건……. 다름 아닌 저희 아들의 병원비가 필요해서였습니다."

이것만으로는 에너지의 양이 설명되지 않았다. 난 짐작되는 것이 있어 다시 물었다.

"혹시 가족 중에 독립운동과 관련된 분이 계십니까?"

"아니, 그걸 어떻게? …독립운동을 하셨던 할아버지께서 일본군의 눈을 피해 미국으로 오셨습니다."

"…그렇군요."

내가 해야 할 일이 하나 더 늘어나는 순간이었다.

"가이드 아저씨는 못 만나셨어요?"

임병호에게 들었는지 여지민이 물었다.

"만났어. 근데 갑자기 아들이 아프다는 전화가 와서 내가 가보라고 했어."

"저런! 많이 아프대요?"

"고질병인가 봐. 내일 올 거니까 오늘은 나랑 같이 보내자."

사정을 안 이상 그가 호텔비를 유용한 것은 완전히 불문에 붙이기로 했다.

"저야 오히려……. 사, 상관없어요. 한데 아이가 아프다는 데 도움을 드려야 하는 거 아닐까요? 병호 오빠, 이거 좀… 아얏!"

지갑을 꺼내는 여지민의 모습에 흐뭇한 웃음이 나왔다. 그녀의 자세가 마음에 들었기 때문이었다.

하지만 마음과 달리 그녀의 이마에 가볍게 딱밤을 때렸다.

"네가 좀 벌었다는 건 알지만 내 앞에서 지갑 꺼내려면 아직 멀었다. 아이 병원비는 내가 알아서 할 테니 그 돈은 넣어 놨다가 어머님 집 사드릴 때 보태라."

장난 삼아 한 행동이었는데 말하다 보니 여지민 어머님이 옆에 있다는 걸 깨달았다.

"죄송합니다. 지민이가 사촌 여동생 같아서 그만… 하하하……."

"괜찮아요. 보기 좋은데요, 뭐. 그나저나 숙소는 어떻게 됐어요? 땡볕에 너무 오래 있었더니 시원한 곳에서 좀 쉬고 싶네요."

"아! 내 정신 좀 봐. 제가 인터넷으로 호텔을 검색해 봤더니 별로인 것 같더라고요. 그래서 LA에 계시는 삼 일 동안 제가 예약해 놓은 별장에서 지내는 건 어떠세요?"

"저희야 고마운데 사장님이 불편하실까 봐……."

"욕실도 네 군데나 있을 만큼 넓은 곳이니 전혀 상관없습니다. 거리도 얼마 되지 않으니 가시죠."

한사코 자신들이 들겠다는 두 모녀의 여행 가방을 들고 별장으로 향했다.

＊　　　＊　　　＊

"다이어트 걱정 말고 많이 먹어라."

"…네."

구운 고기를 연신 자신의 접시에 올려주는 김철을 보며 여지민은 낮에 운명처럼 그를 만났을 때부터 미친 듯이 뛰는 심장 소리가 그에게 들킬까 얼른 고기를 입에 넣었다.

"아뜨! 하아! 하아!"

막 구워서인지 무지 뜨거웠다.

"천천히 먹으렴. 그리고 우리 딸이 언제 이렇게 컸을까… 후후!"

여지민의 어머니는 마치 모든 걸 알고 있다는 얼굴로 그녀를 바라보며 웃었다.

"그, 그런 거 아냐!"

"난 아무 말도 안 했다. 그리고 네 나이 때 그러는 건 자연스러운 일이란다. 다만 이 엄만 네가……. 아니다, 이제 우리 딸도 어디 가서 무시당할 수준은 아니니까."

"엄마는! 진짜 아니라니까!"

강한 부정은 긍정이랬다고, 여지민은 김철을 좋아하고 있었다.

처음 아무것도 아닌 연습생인 자신에게 관심을 가져줄 땐 그저 젊고 잘생긴 사장님이었는데, 어느새 심장의 전부를 그가 채우고 있었다.

그러나 그런 마음이 일방적이라는 걸 잘 알고 있었다.

데뷔 후 주변에 자신을 좋아하는 남자들이 있다는 것에 자신감을 얻어 자신의 마음을 은근히 표현해 보기도 했지만 그는 자신을 어린애처럼 대할 뿐이었다.

'1년만 지나면…….'

법적으로 성년이 되면 그땐 정식으로 고백하려고 마음을

먹고 있었다.

여자를 밝힌다는 소문이 있으니 최소한 거부하지는 않을 것이고, 그때 자신만의 매력으로 그를 사로잡을 수 있을 것이라는 꽤 당돌한 생각까지 하고 있었다.

"여기서 보는 낙조도 좋지만 역시 낙조는 해변에서 봐야 제맛이겠죠?"

입으로 넘어가는지 코로 넘어가는지 모르게 다소 이른 저녁을 먹고 나자 김철은 해변으로 나가자는 제안을 했다.

"난 여기서 볼래요. 요 며칠 돌아다녔더니 몸이 영 안 좋네요. 지민이랑 다녀오세요."

"안마사를 불러 드릴까요?"

"아니에요. 평생 일만 하다 놀려니 몸이 놀란 것뿐이에요. 내 걱정 말고 얼른 가세요. 해 지겠어요."

여지민은 어머니가 왜 가지 않겠다고 하는지 눈치챘다. 둘만의 오붓한 시간을 보내라는 배려였다.

"알겠습니다. 병호는 어머님이랑 같이 있어라."

어머니가 남음으로써 매니저인 임병호까지 남게 되었고 자연스럽게 둘만의 데이트가 되었다.

"이야! 좋아봐야 얼마나 좋을까 했는데 장관이긴 하다. 그치?"

"…네, 너무 멋져요."

샌타모니카 해변의 낙조가 장관이라는 얘기는 아침에 가이드에게 들었었다. 하지만 지금 그녀는 옆에 있는 김철을 보느라 어떤 장관도 눈에 들어오지 않고 있었다.

"…미안하다."

"네?"

"멋진 남자 친구와 봐야 하는데 칙칙한 회사 사장이 함께해서 말이다."

"아, 아니에요! 사장님이랑 함께해서 어, 얼마나 좋은데요……."

"에~ 말까지 더듬는 게 누가 봐도 거짓말인 것이 티 나잖아? 자식, 연예계에서 버티려면 거짓말도 잘해야 해. 알겠냐?"

'사실인데…….'

사실이라고, 당신을 좋아한다고 말하고 싶었지만 아직까진 고백할 용기가 없었다.

"밤이라도 한국보단 확실히 덥네. 난 시원한 맥주를 마실 건데 넌 뭐 마실래?"

"저도 같은 걸로."

팔짱을 낄까 말까를 고민하던 여지민은 그가 무슨 말을 했는지 제대로 듣지도 않고 답했다.

"하하! 너도 땡기냐? 하긴 나도 중학교 때부터 마셨으니… 게다가 한국도 아니고 말이야."

"…네?"

여지민은 깜짝 놀라 되물었지만 어느새 손에 맥주병을 든 채 해변에 앉아 있었다.

'못 마시는데……'

여지민은 조금만 마셔도 인사불성이 될 정도로 알코올 분해 능력이 없었다.

"어? 저 두 사람 여지민과, 남자는… 거 있잖아. 호수에 비친 달에 나왔던 그 사람 아냐?"

"진짜네. 저 두 사람, 뭐지?"

워낙 유명한 관광지이고, 코리아 타운과도 고작 20분 거리라 한국 사람들이 많을 수밖에 없었다. 그리고 개중에는 눈썰미가 좋아 둘을 알아보는 사람들이 있었다.

'혹시 스캔들이 나서!'

여지민은 스캔들이 무섭기는커녕 소곤거리며 사진을 찍으려는 이들이 소문을 내주길 바랐다. 그러나 헛된 소망임을 알고 있었다.

김철이 내버려 둘 리가 없었기 때문이었다.

한데 아니었다.

오히려 김철은 자신의 옆에 바싹 붙더니 포즈를 취하며 말했다.

"잘 나오게 찍어서 저희에게 좀 보내주세요."

김철이 적극적으로 나오자 사진을 찍던 여자가 물었다.

"두 분, 혹시 밀월여행?"

"하하! 그렇게 보여요?"

"아뇨! 오누이처럼 보여요. 하지만 또 모르죠? 여기 두 분만 있다는 것도 수상하고……"

"하하! 너랑 나랑 연인처럼 보이나 보다. 그럼 연인처럼 한 컷 더 찍어달랄까?"

김철이 워낙 당당하게 나가니 사람들은 오히려 대수롭지 않게 생각했다.

한바탕 사람들이 지나고 일몰이 끝이 나자 어둠에 더 이상 둘을 알아보는 사람은 없었다.

"사장님은……"

"오누이처럼 보인다니까 오빠라고 불러."

"…정말 그래도 돼요?"

"그럼, 너만 한 사촌 여동생도 있는걸?"

김철이 자신을 여동생처럼 생각하는 건 싫었다. 그러나 사장님이라는 거리감 느껴지는 호칭보다는 '오빠'가 좋았다.

오빠가 아빠가 된다고 하지 않았던가.

"녀석, 오빠라는 단어를 왜 그렇게 어색하게 부르냐? 뭐, 차차 나아지겠지. 근데 요즘에도 곡은 꾸준히 만들고 있어?"

"네, 마음이 편해서 그런지 잘 써지더라고요."

"다행이다. 괜히 요조숙녀의 곡까지 너에게 부탁한 건 아닌가 싶어 걱정했는데. 너무 무리하진 마라. 네가 우선이니까."

"정말요? 전 괜찮아요. 댄스곡 만드는 것도 나름 재미있었고요."

김철이 결성했다는 요조숙녀를 봤을 때 괜한 자격지심에 그들의 곡을 만들어주기 싫었었다.

그 마음은 지금도 마찬가지.

한데 '네가 우선'이라는 말에 그런 마음이 봄날 눈 녹듯이 사라졌다.

사장으로서 인기가 많은 자신이 더 중요하다고 말했다는 것을 모르진 않았지만 그래도 좋았다.

김철과의 사소한 대화는 계속됐다.

그리고 여지민은 이 순간이 오랫동안 계속되길 바랐다.

그러나 언제나 그렇듯 바라는 바는 이루기 쉽지 않았다.

어느 순간부터 김철의 시선은 자신들의 앞에 자리를 잡은 젊은 남녀 중 한 명에게 가 있었다.

'저렇게 야하게 옷을 입은 여자를 좋아하는 건가?'

그가 보는 여자는 여러모로 자신보다 부족해 보였는데도 김철의 시선을 사로잡는 건 속옷이 보일 정도로 짧은 치마에 가슴이 반쯤 드러나 보이는 민소매 때문이라고 생각했다.

이럴 때는 피하는 게 상책.

"…오빠, 저희 유원지에 가봐요."

"으, 응? 조금만 있다가 가자. 아니, 내일 가자."

무한 섭섭했다.

나를 보라고, 당신이 원하면 얼마든지 섹시하게 변신할 수 있다고 소리치고 싶었다. 그러나 그랬다간 지금의 관계마저 깨질 것 같아 그럴 수 없었다.

속이 탔다.

그래서 지금까지 들고만 있었던 맥주를 시원하게 들이켰다.

'아, 바보……!'

자신이 마신 것이 맥주임을 알았을 땐 이미 세상이 빙글빙글 돌고 있을 때였다.

그나마 다행인 건 쓰러지는 방향이 김철의 무릎 쪽이라는 것. 어쨌든 그의 무릎을 벨 수만 있다면 지금 상황이 손해는 아니라는 것이 그녀의 생각이었다.

그러나 김철의 무릎에 머리가 닿기도 전에 여지민은 정신을 잃었다.

＊   ＊   ＊

미래라는 것이 참으로 웃기는 게 죽을 둥 살 둥 노력해도 큰 줄기는 변화가 없으면서 작은 줄기는 사소한 행동에도 어디로 튈지 모른다는 것이다.

내가 미래에서 본 대로라면 사촌 여동생 민주는 두 달 뒤인 7월에 실종되고, 그로부터 한 달 뒤, 싸늘한 주검이 되어 발견된다.

범인이 잡히는 건 시신이 발견되고 일 년 후인데 그녀에게 영어 회화를 가르치던 대학생이 범인이었다.

한데 막상 범인이 잡혔지만 범인이 백인에 꽤 명문가의 아들이라는 이유 때문에 사건은 지저분하게 흘러가기 시작한다.

그리고 지루한 법정 다툼 이후 김민주는 천하에 둘도 없는 마약에 찌든 걸레가 되고, 범인은 결국 무죄판결을 받게 된다.

기사를 보던 나조차도 분노에 놈을 죽이고 싶었는데, 큰아버지 가족은 어땠겠는가.

뜻밖에 큰아버지는 미국으로 이민을 간다. 그리고 다시 3년 후, 범인이었던 대학생은 어느 날 갑자기 실종이 되어버린다.

내가 민주에 대해 본 기사는 이것이 끝이었다.

각설하고 내가 미국에 옴으로써 미래는 바뀌었다.

원래 큰어머니의 미국 방문을 피해 범인의 집에 제 발로 들어갔던 민주가 이번엔 나를 피해 범인의 집에 가려 하고 있었다.

"그러니까 오빠가 오니 며칠만 재워달라는 거 아냐?"

다소 어눌한 한국어로 금발 청년이 말했고, 이어 민주—과연 예전의 그녀가 맞는지 의심스러운—가 대답했다.

"맞아요. 한 사흘쯤이면 될 거예요. 가능해요?"

"어려울 건 없어. 한데… 소문나면 곤란해. 그러니 어느 누구에게도 말하면 안 돼."

"말할 사람도 없으니까 걱정 말아요. 그리고 얘네들은 한국어를 모르잖아요."

여지민과 이런저런 얘기를 하는 동안 우리 앞으로 외국 애들이 자리를 폈다.

처음엔 여덟 명 중 동양인으로 보이는 여자애가 있었지만 민주라는 걸 몰랐다. 앞에 있으니 자연 요모조모 보게 되었고 그저 옷을 좀 야하게 입는 여자 정도로만 생각했었다.

얼핏 누군가를 닮았다는 느낌은 있었지만 동양인이라 그런가 보다 하고 넘어갔다. 몇 달 안 보는 사이에 그만큼 변해 있을 것이라고는 상상조차 할 수 없었기 때문이었다.

한데 바람결에 들려오는 한국어 목소리에 혹 민주가 아닐까 의심했고, 의심하고 보기 시작하자 그녀가 민주임을 알 수 있었다.

민주는 더듬거리는 영어로—외국 애들과 비교할 때— 얘기를 하다가 때때로 한국어로 금발 청년에게 영어 단어를 묻곤 했다.

난 그녀가 금세 나를 알아볼 거라 생각했다.

그런데 내가 있는 쪽을 보면서도 눈살을 찌푸릴 뿐, 도통 알아보지 못했는데 뒤를 돌아보고 나서야 유원지를 밝히는 불빛이 역광이라 알아보지 못한다는 걸 알 수 있었다.

차라리 잘됐다 싶어 민주가 하는 양을 지켜봤다.

내가 알던 민주가 맞나 싶게 일행과 어울려 술은 물론이고, 담배까지 능숙하게 피웠다.

그러다 내가 오는 걸 알고 가해자의 집으로 피하려 한다는 애길 듣게 된 것이다.

"오빠, 저희 유원지 가요."

민주에게 집중하고 있는데 여지민이 유원지를 가자고 말했다.

"으, 응, 조금 있다가 가자. 아니, 내일 가자."

아무래도 엿듣기는 이쯤하고 나서야 할 것 같았다.

난 자리에서 일어나며 여지민에게 말했다.

"설명은 좀 있다 해줄 테니 일어……."

털썩!

머리를 모래사장에 처박는 여지민은 뭐가 좋은지 배시시 웃고 있었다.

무슨 일인가 싶어 얼른 부축해 숨을 확인했다. 다행히 거칠긴 했지만 이상은 없어 보였다.

그러다 손에 꼭 쥐고 있는 술병을 보자 짐작되는 것이 있었다.

'…말로만 들었는데 실제로 이런 체질이 있긴 하구나. 근데 왜 아까 맥주를 마신다고 했을까? 아, 그것보다 지금 이러고 있을 때가 아니지.'

민주가 금발 청년과 함께 일어나 움직이고 있었다.

제7장

미국에서 II

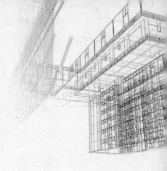

　"…미안."

　쓰러진 여지민을 이대로 내버려 둘 수도, 고이 안고 쫓아갈 수도 없었기에 포대를 메듯이 어깨에 짊어졌다. 그리고 빠르게 민주를 쫓아갔다.

　"김민주!"

　민주와 금발 청년이 백사장을 벗어나 큰길로 나가려는 순간, 간신히 그들을 따라잡을 수 있었다.

　"……!"

　금발의 청년은 돌아봤지만 정작 당사자인 민주는 걸음을 멈출 뿐, 돌아서지 않았다. 그리고 모른 척 청년의 팔을 잡아

끌며 계속 가려 했다.

"가려면 가라. 지난번처럼 어디 있든 찾아낼 테니까."

난 민주를 자극했고 생각대로 반응이 즉시 왔다.

"왜, 이 사람도 죽……!"

민주는 신경질적으로 몸을 돌리며 말했다. 그러다 내가 여지민을 둘러멘 걸 보곤 어이없다는 표정으로 바뀌었다.

"…뭐야, 이젠 납치도 하는 거야? 그럼 하던 일이나 계속하지 왜 날 부른 거야?"

"납치가 아니라 술을 먹어서……."

"하아~ 그것도 범죄거든? 술 먹여 인사불성으로 만들어 침대로 데려가면 납치가 아니라 사랑이니?"

술, 담배, 화장, 복장. 하나같이 마음에 들지 않았지만 말투만큼은 아니었다.

유학 와서 영어 대신 싸가지 없는 말투만 배운 모양이었다.

"내가 먹인 게 아니거든? 그리고 맥주 한 병도 채 먹지 않았어."

"술도 못 마시는 사람에게 권해서 도대체 뭔 짓을 하려고 그런 건데?"

"카악! 이게 정말! 자꾸 말을 이상하게 들을래? 안 그래도 힘들어 죽겠고만. 그런데 내일 내가 너 찾아갈 거라는 걸 알면서 지금 어디 가려는 거야?"

"그럼 내일 다시 와. 오늘 내가 뭔 일을 하든 무슨 상관이야? 그리고 여긴 내 영어 과외 선생님이거든?"

민주는 내가 말할 때마다 바락바락 소리쳤다. 그러나 그 모습에 화가 나기는커녕 안쓰러웠다.

왜 이제야 왔냐고, 자신을 도와달라고 외치는 것 같았다.

"…더 이상 영어 안 배워도 돼. 그러니 한국으로 가자. 술 마시고, 담배 피우고, 미친년처럼 하고 다니고, 남자랑 도망가려 했던 건 잊어줄게."

난 민주를 향해 손을 내밀며 말했다.

내 손을 잡으라고, 내가 도와주겠다고 말한 것이다.

"…치이~ 그런 꼴로 말해봐야 전혀 믿음직스럽지 않거든? 근데 아빠, 엄마한텐 뭐라고 할 건데? 그리고 이대로 한국 가면 내 인생은? 오빠가 날 먹여 살릴 거야?"

"큰아버지, 큰어머니는 내가 설득한다. 누구한테 기대려 하지 말고, 네 인생은 네가 원하는 대로 살아. 마지막으로 먹여 살리는 건 미래의 니 남편한테 말해."

"…냉정해."

민주는 고개를 푹 숙이며 중얼거렸다.

그리고 한참을 말없이 서 있었다.

문득 민주가 미국으로 오기 전날 찾아왔던 날이 기억났다.

민주는 그날 '가지 마!'라는 말을 듣고 싶었던 건 아니었을까?

"가자. 다른 건 못 해줘도, 오빠가 옆에 있어줄게."

난 민주에게 다가가 다시 손을 내밀었다.

내 손을 물끄러미 바라보던 민주는 고개를 들었다.

민주는 울고 있었다.

방수 화장품을 썼다곤 해도 그리 보기 좋은 모습은 아니었다. 그러나 눈빛은 예전의 그녀로 돌아왔다.

"치이~ 그런 모습으로 멋있는 척해 봐야 전혀 안 멋있다니까."

"지금 너보다 엉망일까?"

"하여간… 오빤 못됐어."

민주는 내가 내민 손을 잡으려 했다. 한데 막상 내 손을 잡은 건 털이 무성한 남자의 손이었다.

"당신, 도대체 뭐야? 들고 있는 여자는 뭐고! 민주한테 무슨 짓을 하려는지 모르지만 물러서."

옆에서 다 듣고 있었을 텐데도 못 들은 척하는 꼴이 우스웠다.

"이런 개보다 못한 새… 끼가! 지금까지 옆에서 다 듣고 모른 척하네. 너 한국에서 4년은 넘게 있었잖아, 이 빌어먹을 놈아."

"…왓(what)?"

"하아~ 한국에서 유학하며 나쁜 것만 처배웠네. 나, 민주 오빠다. 넌 뭔데 가족 일에 나서는데?"

"…나, 한국말 잘 몰라. 내 눈엔 민주를 괴롭히는 것으로밖에 보이지 않아. 경찰을 부르겠어."

"마이클, 이 사람, 아까 말한 사촌 오빠예요. 그러니 경찰은 필요 없어요. 그리고 고맙지만 이젠 마이클 집에 신세 질 필요 없게 됐어요."

"왓(what)?"

모르쇠로 일관하는 모습이 어느 나라 정치인들과 비슷했다.

"불러! 이 개자식아."

"그럴 생각이야!"

"민주를 집에 데려가 무슨 짓을 하려 했기에 알아듣지 못하는 시늉을 하는지 몰라도, 네놈이 마약을 한다는 걸 경찰이 알면 아주 좋아할 거야."

"무, 무슨 말도 안 되는 소릴! 난 마약을 하지 않아! 헛소리로 현 상황을 넘기려 하나 본데, 어림없어."

"이제야 제대로 알아듣는군. 얼른 경찰에나 연락해. 경찰이 오면 알겠지."

마이클은 전화기를 꺼냈지만 경찰에 연락은 하지 못했다.

민주와의 뜨거운 밤을 기대를 하고 있다가 그 기대가 부서지고, 협박을 했는데 도리어 협박을 받는 상황이 온다면 다음 수순은 뻔했다.

"뻑(fuck)! 무슨 말인지 모르겠어! 영어로 말해, 노란 원숭

이! 민주는 절대 못 데려가. 할 수 있으면 해봐!"

복싱 자세를 취하는 마이클을 보면서 옳다구나 싶었다. 미국 영화에서 보면 서부 시대의 영향인지 싸워도 별다른 법적 처벌을 받지 않는 것 같았기 때문이었다.

"미국도 한국이랑 똑같아. 폭력은 무거운 처벌을 받아. 그러니 엉뚱한 생각 하지 마."

내 생각을 읽기라도 한 듯 민주가 말했다.

"그러냐? 다를 줄 알았지. 그럼 그냥 갈⋯⋯!"

퍼억!

"마이클! 뭐하는 짓이야!"

"못가! 아니, 절대 못 보내! 내가 얼마나⋯ 얼마나 널 사랑하는데!"

맞은 건 난데 신파는 마이클이 찍고 있다.

묘한 광기가 담긴 고백.

"미안하지만 난 당신을 선생님 이상으로 생각해 본 적 없어요. 그러니 이만 가줘요."

"⋯⋯!"

민주는 단칼에 그의 고백을 거절했고 그 순간 마이클의 눈은 광기의 방아쇠가 당겨진 듯 날카로워졌다.

마치 변하기 전의 미래에 일어났던 사건의 그날을 보는 듯했다.

퍼억!

잔뜩 찡그린 얼굴로 민주를 낚아채려는 마이클을 향해 주먹을 날렸다.

"미친 새끼! 정신 차려, 새끼야! 니가 말한 건 사랑이 아니라 소유욕일 뿐이야. 고백에 거절당했다고 해를 가하려는 것이 사랑이냐? 혹시라도 나중에 다른 여자를 좋아하게 되면 오늘을 기억해."

퍽! 퍽! 퍽! 퍽!

난 발로 자근자근 밟으며 기사를 읽을 때의 분노를 풀었다. 아예 뼈에 새겨줄 생각이었다.

"그만해! 그러다 죽겠어!"

"이건 정당방위거든? 아까 내가 맞는 것 봤잖아?"

"아니거든! 세상에 일방적으로 패는 정당방위가 어디 있어? 그리고 미국은 생각보다 타국 사람들에게 차별이 심해. 경찰에 가면 무조건 오빠 잘못이 될 거야."

하긴, 어딘들 안 그러겠는가.

난 마이클을 때리는 걸 멈추고 소리쳤다.

"튀어!"

난 한 손으론 여지민을 떨어지지 않게 받히고, 다른 한 손엔 민주를 잡고 별장을 향해 뛰었다.

*   *   *

"옆에 있어준다며?"

예전의 얌전한(?) 모습으로 돌아온 민주가 허리에 손을 얹고 앙칼지게 말했다.

"쯧! 필요할 때 있어준다는 거지. 내가 니 보모냐? 24시간 365일 니 옆에 있게?"

나흘 동안 민주의 미국 생활을 정리했다.

영어가 부족해 학원과 비슷한 프리 스쿨에 다니고 있었기에 쉽게 그만둘 수 있었고, 지내던 방과 짐을 처리하는 것으로 그녀의 짧은 미국 생활을 마무리했다.

사실 이틀이면 충분했다. 다만 불안해하는 그녀를 위해 별장에서 쉬게 하면서 마음을 진정시킬 수 있도록 시간을 준 것이다.

게다가 별장에서 지내는 동안 여지민과 친해지면서 모녀와 함께 미 동부를 여행한 후에 돌아갈 수 있게 배려까지 했다.

한데 내가 따라가지 않는다고 공항까지 와서도 불만을 표하고 있었다.

"필요해! 여행이 끝나고 엄마에게 어떻게 얘기할지 몰라 불안해하는 내 모습 안 보여?"

"…도대체 어디가? 큰아버지껜 이미 말씀드렸고, 큰어머니는 큰아버지께서 설득해 주신다고 했잖아. 그러니 여행이나 잘 마치고 그만 한국으로 돌아가라."

"오빤 엄마를 몰라서 하는 말이야! 분명 날 죽일 듯이 쫄

게 분명하다고."

"시끄러!"

길게 얘기해 봐야 입만 아팠다.

귀를 닫고 내 할 말만 했다.

"지민이 어머님께 실례되는 행동 말고. 지민아, 재미있게 놀아. 한국에서 보자. 어머님, 저희 민주 좀 부탁드릴게요. 병호, 넌 네가 할 일이 무엇인지 잘 생각하고 행동하고. 이만 끝! 모두 게이트로 이동!"

"오빠아!"

민주가 불렀지만 난 들은 척도 하지 않고 그들의 등을 떠밀었다.

"휴우~ 이제 한 가지는 끝났네……."

민주와 여지민을 보낸 후 난 공항을 떠나지 않고 공항 내에 있는 커피숍에 자리를 잡고 앉았다.

그리고 수첩을 꺼내 '1. 민주'라고 적힌 것을 지웠다.

이제 민주의 미래가 어떻게 바뀔지 모르지만 그건 나중 문제였다.

"한 시간가량 남았군."

마음 같아선 민주의 말처럼 그녀의 옆에 좀 더 있어주고 싶었다. 그러나 오늘은 민종수와 신유리가 오기로 한 날이었다.

커피를 마시며 날 알아보는 이들과 사진 몇 장 찍어주고 나니 한 시간은 금방이었다.

"어어!"

민종수가 도착했다.

한데 일행은 내가 생각했던 것보다 많이 늘어나 있었다.

남자 셋, 여자 넷.

모두 아는 얼굴이긴 했지만 8년 만에 보는 얼굴이 둘 있었다.

공항임을 인식한 듯 남녀가 따로 나왔고, 여자들은 눈인사만 하곤 지나쳤다.

"서프라이즈! 놀랐지? 애들이 누군지 알아보겠냐?"

민종수는 과장된 모습으로 두 사람을 소개했고, 두 사람은 내가 어떻게 반응할지 조심스럽게 눈치를 보고 있었다.

"우동희, 윤호진. 내가 어떻게 너희를 잊겠냐? 반갑다. 잘 지냈냐?"

우동희와 윤호진은 고등학교 때 같이 말썽을 피우던 4인방 중 둘이었는데, 앞에 나서실 싫어했던 나와 민종수를 대신해 학교 짱이 되고 사건의 주동자가 되었던 이들이었다.

그러다 보니 그들은 생각보다 많은 피해를 입었다.

우동희는 결국 마지막 사건으로 소년원에 갔고, 윤호진의 경우는 퇴학을 당했다.

구치소에서 홀로 빠져나간 민종수를 욕하던 이 두 사람이 민종수와 함께 올 줄은 정말 생각도 못 했다.

"이야! 반갑다. 천하의 김철이 우리를 기억하고 있다니 영광이다. 내가 주위 사람들한테 내 친구였다고 말하는데, 믿어주는 사람이 한 명도 없더라. 나중에 인증샷 부탁한다."

"그럭저럭 지냈다. 설마 네가 연예인이 됐을 줄이야. 꿈에도 생각 못 했다."

두 사람은 다소 어색하게 말을 했다.

사실 두 사람은 친구라기보다는 부하에 가까웠고, 처음 입학 후 학교를 장악할 때 나에게 호되게 당한 경험이 있었다.

"어쩌다 보니 그렇게 됐다. 어쨌든 이렇게 보니 반갑다, 친구들아!"

지금 와서 생각해 보면 민종수와 달리 두 사람에겐 미안한 감정이 있었다.

그래서 두 사람을 반갑게 맞이했다.

그러고는 조나단이 준비해 온 차에 올랐다.

4인이라 생각해 준비했지만 9인승 차라 자리를 좁혀 앉아 다행히 모두 탈 수 있었다.

신유리와 선우희 외 두 명의 여자는 최상철과 술 마실 때 후배라고 소개받았던 이들로, 짝을 맞추기 위해 데려왔다곤 하지만 딱히 그런 것 같지는 않았다.

"상철이 오빠랑 술 마시던 날 밤새 놀자고 하더니 왜 그리 일찍 가셨어요? 얼마나 서운했는지 알아요?"

최상철이 찍었던 가슴이 큰 여자는 내 팔꿈치에 노골적으로 가슴을 기대며 말했고, 선우희는 그런 그녀를 심기가 불편한 얼굴로 노려보고 있었다.

'도대체 이들을 데려온 의도가 뭐냐?'

여자들의 기 싸움 따윈 관심 없었다.

오리지 민종수가 왜 네 명을 더 데리고 왔는지 궁금할 뿐이었다.

"방은 마음에 드는 곳 아무 곳이나 써도 돼. 오느라 힘들었을 테니 관광은 내일부터 본격적으로 하기로 하자. 오늘은 자유롭게 해변을 가도 좋고, 집에 있는 수영장에서 놀아도 좋고, 맘대로 해. 참, 냉장고에 먹을 것 있으니까 마음대로 먹고 마셔."

"넌 뭐 할 거야?"

2층으로 올라가던 선우희가 물었다.

"글쎄? 수영장에서 선탠이나 할까 하는데."

"알았어."

대답을 하며 2층으로 올라가는 그녀의 앙다문 입술에서 이번 여행에 뭔가를 작정하고 왔다는 걸 느낄 수 있었다.

'나 역시 바라는 바니까.'

이번 기회에 선우희를 내 편으로 만들 작정이었다.

비치 베드에 누워 있자 남자들이 가벼운 차림으로 먼저 나와 양옆에 누웠다.

우동희가 물었다.

"히야~ 별세상이네. 니 집이냐?"

"아니, 며칠간 빌렸어."

"빌리는 것도 만만치 않았을 텐데… 역시 스타라 뭔가 다르긴 다르구나."

"스타는 무슨… 넌 뭐 하고 지내냐?"

"소년원에 갔다 오고 나니 할 수 있는 게 없더라. 그래서 아버지 밑에서 노가다 배우고 있다."

"아, 아버님께서 인테리어 업체를 운영한다고 했었지?"

"업체는 무슨… 고등학교 땐 지기 싫어 그렇게 말했는데, 실제로는 동네 가게 개업하는 곳 인테리어 하는 정도야. 요즘 같은 불경기엔 굶어 죽기 딱이다."

아까 악수할 때 손에 박인 굳은살을 볼 때 사실일 가능성이 높았다.

"엄살. 명함이나 하나 주라. 마침 건물 세 개 구조변경 공사해야 하는데 잘됐네."

"…진짜?"

"그럼 진짜지. 설마 오랜만에 만난 친구한테 장난치겠냐? 돈은 선불로 확실히 줄 테니까 튼튼하고 멋지게 해줘. 윤호진, 넌 뭐 하고 지내냐?"

"나? 괜찮은 회사에 투자하는 브로커? 투자자? 꼭 집어서 말하긴 좀 복잡한데……. 에이, 모르겠다. 그냥 투자자를 모아 그 돈으로 투자를 해 이익을 분배하는 일을 해."

"일종의 컨설턴트구나."

"아! 맞아! 왜 그 단어가 기억이 안 나냐……."

난 윤호진의 말을 듣고 그가 민종수의 사주를 받고 온 게 아닐까 싶었다.

'살짝 입질을 해볼까?'

"혹시 괜찮은 투자처 있으면 공유 좀 해라."

"친구한테는 투자 안 받아."

"…왜?"

"친구를 잃고 싶진 않거든. 다들 그럴 리가 없다고 하지만 투자해서 손해 보면 똑같더라고… 쩝!"

"나야 여윳돈으로 하니 괜찮은데. 네가 싫다는데 어쩌겠냐. 마음 바뀌면 얘기해라."

아득바득 우겨서 투자한다는 것도 우스운 얘기였기에 한발 물러났다.

한참 이런저런 얘기를 나누고 있었는데 여자들이 수영장으로 나왔다.

"휘익! 연예인들이라 그런가? 몸매 죽인다. 눈이 호강하네, 호강해."

가장 먼저 발견한 우동희의 말에 일제히 시선을 돌렸다.

꿀꺽!

누가 먼저랄 것 없이 일제히 마른침을 삼켰다.

늘씬한 미녀 4명이 비키니를 입고 눈앞에 있는데 어느 누가 덤덤할 수 있겠는가.

"거기 남자분들, 그렇게 보고만 있을 건가요?"

같은 비키니라도 수준이 있는 법.

가장 아슬아슬하게 입은 선우희가 선두에 서서 도발적으로 물었다.

그에 내가 장단을 맞췄다.

"보고만 있지 않으면?"

선우희는 대답 대신 오일 병을 흔들어 보였고, 난 비치 베드를 박차고 일어났다.

"숙녀들의 피부를 지킬 용사들이여, 일어나라!"

장난기 가득한 나의 말에 남자들은 우르르 일어났다. 그리고 서로를 보며 배시시 웃었다.

"가자!"

우린 오일 병을 든 채 웃고 있는 여자들을 향해 씩씩하게 발을 내디뎠다.

서로에게 오일을 발라주고, 수영장에서 물장난을 치고, 술을 마시며 시시껄렁한 농담을 주고받다 보니 여덟 명은 금세 친해졌다.

"자, 자! 오늘은 이만 자자. 오늘만 날이 아니잖아?"

"8년 만인데 한 병만 더 먹자."

"그래, 이대로 들어가기엔 너무 아쉽다."

우동회와 윤호진은 잔뜩 취해선 혀가 꼬부라진 목소리로 더 놀자고 소리 높여 외쳤다.

"종수는 이미 쓰러졌거든? 그리고 내일 관광하려면 최소한의 체력은 있어야 할 거 아냐. 얼른 들어가!"

"치사한 놈! 들어간다, 들어가. 지은아, 내 방에 가서 한잔할래?"

윤호진은 술기운을 빌려 하루 종일 그와 파트너를 이루었던 송지은—가슴이 작은 쪽—을 유혹했다.

"…피곤하거든요. 쓸데없는 소리 말고 자요."

송지은은 새침하게 말했지만 그리 싫은 눈치는 아니었다.

아마 오늘이 아니더라도 여행 기간 내에 윤호진을 찾아갈 것 같은 분위기였다.

'그에 반해……'

우동회는 가슴이 큰 쪽인 최나은과 파트너를 이루었지만 큰 성과가 없는지 흘깃거리며 눈치만 볼 뿐이었다.

'구색 맞추기로 와서 고생한다……'

우동회는 확실히 윤호진을 나에게 접근시키기 위해 어쩔 수 없이 데려온 티가 났다.

어찌 되었든 술자리는 빠르게 정리되었다.

신유리가 민종수를 부축하듯이 데려갔고, 나머지들도 각자 인사 후 자신의 방으로 들어갔다.

"역시 먹는 놈 따로, 치우는 놈 따로라니까."

바비큐 파티 겸 술을 마셨기에 치울 것이 산더미였다. 내버려 두면 아침에 조나단이 치울 게 분명했기에 치우고 자야 했다.

그는 가이드지 가정부가 아니지 않는가.

"뭐야, 혼자 치우고 있었어? 도와줄게."

한참 치우고 있는데 신유리가 나와 손을 거든다.

"종수는?"

"인사불성이야. 평소 주량보다 두 배 이상 더 마셨으니 그럴 만하지."

"미안, 내가 너무 권했지?"

난 일부러 그를 취하게 만들려 집중적으로 술을 먹었다. 왠지 신유리와 민종수가 자는 걸 방해하고 싶다는 생각과 함께 바로 지금처럼 그녀와의 시간을 얻기 위함이었다.

내일도, 모레도 그는 계속 취할 수밖에 없을 것이다.

"스스로 마신 걸 누굴 탓하겠어… 근데, 철아."

"응?"

"지금부터 내가 하는 말… 아, 아무것도 아냐."

무슨 말을 하려 했을까?

심각하게 날 바라보며 말하다가 금세 고개를 돌리며 집중한다.

"싱겁긴."

"…미안해. 이건 진심이야."

"하하! 미안해할 일이 아니잖아. 너도 취했나 보다. 얼른 들어가서 너도 자. 나머진 내가 알아서 할게."

"그래야 할까 봐. 철아, 넌 참 좋은 사람이야. 내일 봐."

다소 뜬금없는 말을 하곤 신유리는 들어가 버렸다.

난 그런 그녀의 뒷모습을 바라보며 중얼거렸다.

"도대체 무슨 말을 하고 싶었던 거냐. 신유리, 난 그리 착한 놈이 아냐. 네 말처럼 육체적 병이 정신까지 병들게 만들었는지 몰라. …쳇! 오늘따라 유독 감상적이군. 여행지라 그런가?"

난 조금 전 신유리의 모습을 털어내려는 듯 열심히 청소를 했다.

청소를 마치고 먹다 남은 와인을 챙겨 방으로 돌아왔다. 한데 내 방에 허락도 없이 먼저 들어온 이가 있었다.

"마음이 통했나 봐? 나도 한 잔 더 할까 해서 왔는데."

낮엔 오일 병을 흔들더니 지금은 와인 병을 흔들고 있는 선우희였다.

"…안 그래도 혼자 마시려니 적적했는데 잘됐네."

난 소파에 두 다리를 올린 채 유혹하는 자세를 취하고 있는 그녀의 옆에 앉았다.

방금 씻고 온 건지 향긋한 바디샴푸 냄새가 코를 자극했다.

"건배!"

잔에 술을 따르고 그녀에게 하나를 건넨 후 건배를 제의했다.

잔과 잔이 부딪쳐 듣기 좋은 소리가 울렸고, 그녀와 난 단숨에 술을 들이켰다.

"급하게 오느라 안주를 안 가져왔네. 내가 가져올게. 뭐 먹을래?"

선우희가 안주를 가지러 나가려 했지만 난 그녀의 손목을 잡고 만류했다.

"안주는 이것으로 충분한 것 같은데?"

"……."

유혹하러 온 당사자가 내 말을 못 알아들을 리가 없었다.

잠시 눈과 눈이 마주쳤고 가볍게 당기는 힘에 그녀는 힘없이 딸려와 내 무릎 위에 앉았다.

그리고 붉은 그녀의 입술에 내 입술을 포겠다.

'능숙하군.'

선수가 선수를 알아본다고 선우희는 꽤 능숙했다. 게다가 남자가 뭘 좋아하는지 잘 알고 있었다.

경험이 적거나 요조숙녀라면 도저히 하지 못할 애무까지 서슴지 않았다.

'재미있군. 어쩌면 굳이 설득할 필요 없이 운만 띄워도 되겠는걸?'

내 무릎에 앉아 연신 허리를 돌리며 흥분의 비음을 내고 있는 선우희는 이 순간을 즐기고 있지 않았다. 오로지 서비스로 날 만족시키겠다는 의지만 가득한 것 같았다.

만일 이런 의지가 성공하기 위한, 혹은 돈을 위한 것이라면 스스로 내 밑으로 들어오게 할 수 있었다.

'그래도 이왕이면 함께 즐기는 게 좋겠지?'

받고만 있을 생각은 없었다. 난 그녀의 다리를 양팔로 받치고 그대로 일어났다. 그리고 그 자세로 허리를 놀렸다.

"…어머! 아학!"

먼저 흥분하면 지는 게임이라도 하는 듯 그녀는 전세를 역전시키려 했다. 그러나 곧 그럴 수 없다는 걸 깨달았는지 아님 쾌락에 머리가 하얗게 된 건지 즐기기 시작했다.

방안 가득 찼던 신음 소리는 새벽이 되어서야 잦아들었다.

"멋진 안주였어."

"풉! 안주 한 번 먹으면 술이 다 깨겠네."

"다시 마시면 되지. 한 잔 더 할까?"

"…됐거든. 누굴 죽일 생각이야? 넌 피곤하지도 않니?"

"그러고 보니 좀 피곤한 것 같다. 그럼 이제 잘까?"

난 그녀의 가슴에서 놀던 손을 치우며 침대에 누웠다. 그리고 막 생각났다는 듯 말을 이었다.

"참! 그리고 지난번에 내가 했던 제안 말이야, 아직도 유효하니 잘 생각해 봐."

"무슨 제안?"

"연예인 될 생각 없냐는 말 말이야. 아무리 생각해도 아깝거든."

"…정말 그렇게 생각해?"

"물론이지. 인기를 얻고, 못 얻고는 시청자에게 달려 있으니 어쩔 수 없지만 나머진 회사에서 확실히 서포트해 줄 수 있어."

가까이에 달라붙어 있어서인지 그녀가 내 말에 고민하고 있다는 게 피부로 느껴졌다.

"…내가 너에게 줘야 할 건?"

그동안 그녀가 어떻게 살아왔는지 짐작할 수 있게 하는 물음이었다.

하긴 세상을 살다 보면 공짜 점심은 없다는 걸 자연스럽게 알 수 있다.

"그냥 간혹 술친구가 되어주면 좋겠지."

"술안주가 아니고?"

"얘가 사람을 어떻게 보고. 내가 여자가 없어 보이냐? 내가 마음만 먹으면 정말 더럽게 놀 수도 있어."

난 팔짝 뛰듯이 얘기했다.

"정말 키워보고 싶어서 한 얘긴데 그렇게 받아들이다니 마음이 아프다."

다시 생각에 빠진 선우희는 손가락으로 내 가슴을 한참 만지작거리더니 조심스럽게 얘기를 꺼냈다.

"만약에… 만약에 말이야. 내가 이미 소속사가 있다면 어쩔 거야?"

"있었어? 음… 그렇다면 네 생각이 중요하지 않겠어? 나오고 싶다면 말해. 위약금을 정도는 내줄 수 있어. 대신 계약금에서 그만큼 빠지겠지만."

"안 놓아주려 할 텐데?"

"도대체 어딘데? 설마 종수네 기획사? 그럼 좀 곤란한데……. 친구 회사 연예인을 뺏는 것처럼 보일 거 아냐. 아니, 오히려 괜찮으려나? 내가 원하고 네가 원한다고 하면 놓아주지 않겠어?"

난 그녀에게 어떻게 빠져나올 수 있는지 힌트를 주고 있었다. 그리고 그녀는 금세 알아들었다.

"아! 그러면 되겠네. 혹시 일이 잘 해결되면 잘 부탁드려요, 사장님."

"나야말로. 한데, 한 가지. 우리 회사에 들어오면 명심할 게 있어."

기뻐하고 있던 선우희는 내 말에 '역시'라는 표정과 함께 살짝 인상을 찌푸렸다.

난 그런 그녀를 못 본 척 말을 이었다.

"이기적인 생각이긴 한데 절대적으로 날 믿어야 해. 배신은 절대 용납하지 않아. 대신 그렇게 해준다면 나 역시 절대로 너를 배신하지 않아."

"……."

조금 기다려 봤지만 선우희는 더 이상 말이 없었다.

                    *   *   *

"조심해. 바닥이 미끄러우니까."

바위로 올라간 난 신유리의 손을 잡아끌어 올렸다. 물론 다른 여자들도, 심지어 남자들도 끌어 올렸지만 미세한 차이는 있었다.

가령 올린 다음 팔로 살짝 감싸준다든지 말을 한 마디 더 건네는 정도였다.

이런 나의 행동을 의심하거나 이상하게 보는 이는 없었다. 그러나 하루 이틀 지나면서 당사자인 신유리는 내 의도를 충분히 알아챘다.

"…고마워."

약간 거리감을 두면서 뭔가 말하고 싶은 표정이었으나 내 행동이 딱 꼬집어 말하기 어려운지 입술만 달싹거리다 마는 그녀였다.

며칠 동안 LA에서 유명하다는 게티 센터, 그리피스 천문대, 유니버설 스튜디오 등 현대적인 것만 보다가 오늘 조슈아 국립공원에 왔다.

영화에서만 보던 자연경관이 땡볕 아래에서 하이킹한 피로감을 잊게 만드는 곳이었다.

"휴우~ 이런 멋진 광경도 오늘로 끝이네. 덕분에 즐거웠다,

철아."

큰 바위에 옹기종기 걸터앉아 땀을 식히던 윤호진이 말했
다.

"나야말로 너희와 시간을 보내게 돼서 즐거웠다."

아무것도 몰랐다면 말 그대로 즐거웠을 것이다. 그러나 사
실 지금도 자연경관이 눈에 들어오지 않고 있었다.

매일 취하게 만들어서인지, 아님 윤호진과 우동희를 소개시
키는 것까지가 이번 여행의 목표인지 딱히 의도하는 바가 보
이지 않았기 때문이었다.

"자, 다들 적당히 쉬었으면 사진 몇 장 찍고 돌아가자. 남는
건 사진뿐이잖아."

LA에 있는 별장까지 가려면 3, 4시간은 족히 걸렸기에 서둘
러야 했다.

남자끼리, 여자끼리, 파트너끼리 찍고 마지막으로 하이킹을
하는 미국인에게 부탁해 단체 사진까지 찍을 수 있었다.

"다들 자는데 넌 왜 안 자나?"

돌아오는 차 안에서 조나단이 물었다.

"저까지 자면 형이 심심하잖아요?"

"전혀 안 심심하니 자도 돼."

"됐어요. 잠은 내일 비행기에서 실컷 자면 돼요."

"내일이 벌써 돌아갈 땐가? 시간 참 빨리 가네……."

"그러게요. 형 덕분에 아무 걱정 없이 잘 놀다 가요."

"정말? 내가 보기엔 뭔가 근심이 있는 것 같던데……. 아닌가?"

"그리 보였어요?"

"착각일 수도 있겠지. 아무튼 말로라도 잘 놀았다니 가이드 해 준 보람이 생긴다. 한국에 가서 진경이에게도 지금처럼만 말해다오."

"하하! 그럴게요. 대신 여기서 제가 했던 일은 비밀입니다."

"직접 본 것도 아니고 짐작만 하는 걸 말로 옮길 만큼 가벼운 사람 아니다. 그리고 진경이가 아파할 얘기를 할 자신도 없고."

"네?"

끝말이 거의 들리지 않아 되물었다.

"아, 아무것도 아냐. 심심하면 음악이나 틀어줘?"

"좋죠."

조나단은 음악을 틀었다. 가사는 알 수 없었지만 바깥의 풍경과 잘 어울리는 장엄한 음악이 나왔다.

난 잠시 생각하는 바를 잊고 허밍으로 노래를 따라 부르며 서서히 지고 있는 노을을 바라보았다.

*   *   *

마지막 날인 오늘도 어김없이 우리들의 손에는 술이 들려 있었다.

다만 내일이 출국이었기에 가벼운 맥주였고 비치 베드에 눕거나 기댄 편안한 자세로 두런두런 얘기를 하며 마시는 중이었다.

"호진 오빠! 그만 좀 숨기고 얘기해 봐요. 괜찮은 투자처라고 하면서 정작 아무 말도 안 하면 저희가 무슨 수로 좋은 투자처인지 알겠어요, 안 그래요?"

송지은이 사람들에게 동의를 구하자 민종수가 돕고 나섰다.

"그래 말이라도 하지 말든가. 죽이는 투자처라고 말하면서 정작 물으면 입을 닫는 이유가 뭔데? 들어보고, 싫으면 니가 아무리 투자하라고 권해도 안 해. 그러니 그만 애태우고 좀 풀어봐."

나도 드디어 본론이 나오는구나 싶어 한마디 더했다.

"나도 종수 말에 동의한다. 여기 투자했다가 실패한다 해도 찌질하게 돈 돌려달라고 할 사람 없으니까 말해봐라."

"아, 자식들. 괜히 투자하라고 부추기는 것 같아서 말 안 하려던 것뿐이야. 듣고 혹여나 투자했다가 잘못되더라도 내 책임 없는 거다?"

"난 투자할 돈도 없으니까 그만 뜸들이고 얼른 얘기하고 끝내라, 새끼야."

우동회마저 얼른 얘기를 끝내고 다른 화제로 넘어가자는

식으로 말하자 누워 있던 윤호진은 자세를 바로 하며 입을 열었다.

"일단 말하기에 앞서 내가 무슨 일을 하는지부터 설명해야 해."

"투자 컨설턴트라며?"

"맞아. 하지만 그럼 너무 광범위하잖아. 내 일은 주로 아직 상장되지 않은, 하지만 상장될 가능성이 높은 회사의 주식을 투자자를 모집해 사서 나중에 상장되었을 시 수익의 일부를 가지는 거야."

"헐~ 똘빡이라 불리던 니가?"

우동희가 비아냥거리는 투로 물었다.

"우동, 자꾸 김 뺄래? 퇴학당하고 정신 차렸다. 그래서 야간 대학까지 졸업한 거고. 너도 좀 그러지 그랬냐."

"뭐? 다시 한번 말해봐."

"꼭 두 번씩 말해야 알아듣는 건 여전하구나."

"이 씨……."

"아, 새끼들… 나이 처먹었으면 이젠 성질 좀 죽일 때도 되지 않았냐? 이 좋은 날 꼭 싸워야 적성이 풀리겠냐? 동희는 조용히 하고, 호진이, 넌 계속 얘기해라."

고등학교 때 민종수가 싸움을 잘해서 우리와 어울린 건 아니었다.

또한 나를 제외하곤 셋도 같은 서열이었다. 그때 민종수가 지금처럼 얘기했다면 두 사람 다 가만히 있지 않았을 것이다.

하지만 세월이 흘러 어른이 된 두 사람은 돈이 있는 종수 앞에서 꼼짝도 하지 못했다.

우동희는 화를 참느라 잔뜩 상기된 얼굴로 맥주를 들이켰고, 윤호진 또한 민종수의 눈치를 보다가 말을 이었다.

"어찌 됐든 주로 장외시장의 회사만 타깃으로 삼던 우리 회사 사장이 얼마 전에 어디서 소스를 물어 왔는지 상장회사의 주식에 대한 투자자를 모집해 보라고 하더라고. 투자자를 모집하려면 해당 회사에 대한 공부는 필수거든. 그래서 열심히 파봤지. 그러다 대박 소식을 알아낸 거야."

주식 얘기가 나오자마자 흥미를 잃었다.

내가 빙의했던 사람들 중 삼분의 일이 죽기 직전의 사람들이었다면 그중 사분의 일이 주식하다가 자살을 시도한 이들이라고 해도 과언이 아니었다.

그러다 보니 주식이라면 그냥 싫었다.

"그 대박 소식이라는 게 뭔데?"

"자세히 말해줄 순 없어. 다만 주가에 엄청난 영향을 미칠 것이라는 건 확실해."

"아, 그 자식, 감질나게… 우리한테만 살짝 말해봐."

"오빠, 말해주라~"

윤호진은 틱틱거리던 우동희도 은근히 귀를 곤두세울 만큼 이목을 집중시키는 데 성공했다.

단 한 사람을 제외하곤 말이다.

"술 더 먹을 사람? …없냐?"

연극이 한창인 곳을 벗어나 부엌으로 갔다.

주식이 분명 싫다고 했음에도 주식으로 끌어들이려는 저의를 모르겠다. 약간 시간이 더 걸린다고 생각하고 모른 척하면 그만이니 문제 될 것은 없었다.

그저 민종수의 멍청함이 안쓰러울 뿐이었다.

맥주를 챙기는데 인기척이 느껴져 돌아보니 신유리였다.

"놀래라. 뭐 필요한 거 있음 말하지."

"아, 아니 그런 게 아니고……."

신유리는 무슨 말을 하려는지 주위를 두리번거렸다. 그리고 '조심해!'라는 한 마디를 던지곤 주위에 있는 물건 중 하나를 들고 가버렸다.

난 신유리가 사라진 곳을 보며 중얼거렸다.

"…그건 간장인데."

*　　　　*　　　　*

"난 집에 가봐야 하니 유리, 넌 버스나 택시 타고 들어가 있어."

민종수는 신유리의 대답을 듣지 않고 차에 올랐다.

"본가로 가."

"알겠습니다. 여행은 즐거우셨습니까?"

"전혀. 아버지는 계시지?"

"기다리고 계십니다. 근데 신유리 씨가 다른 사람의 차를 타는 것 같습니다만."

기사의 말에 돌아보니 김철의 차에 오르고 있었다.

"괜찮아. 다른 건 몰라도 의리만큼은 확실하니까. 씨발! 근데 왜 관심을 안 보이냐고!"

이번 계획은 그의 아버지가 짠 것이었다.

자신의 능력을 보여주기 위해, 좀 더 친해지기 위해 소개한 알짜배기 같은 건물 세 채를 몽땅 김철이 사버림으로써 본격적으로 그의 아버지가 나선 것이다.

한데 그는 자신의 아버지의 계획에 아예 관심도 보이지 않으니 심기가 불편할 수밖에 없었다.

"어떻게 됐냐?"

집으로 들어가자 소파에 앉아 독서를 하던 그의 아버지, 민서준은 가타부타 말없이 본론을 물었다.

"실팹니다. 아무런 관심도 보이지 않았습니다. 놈은 주식에 전혀 관심이 없다고 제가 누차 말씀드리지 않았습니까."

"무슨 일이 있었는지 첫날부터 차근차근 말해보거라."

민종수가 불만 어린 목소리로 말했지만 민서준은 못 들은 양 자신의 말만 했다.

아무리 위아래가 없기로 유명한 민종수지만 단 한 사람, 민서준에겐 꼼짝도 못 했다.

민종수가 첫날부터 공항에 도착하기까지 가급적 상세하게 설명하고 나자 민서준은 책에서 시선을 떼고 창밖을 바라보았다.

그가 깊은 생각을 할 때의 습관으로, 그를 아는 사람들은 생각이 끝날 때까지 결코 방해하지 않았다.

'그 정도로 관심이 없다면 주식에 대한 좋지 않은 경험이 있거나 투자할 돈이 없다는 건데……. 주변에 주식을 하다가 망한 사람이라도 있는 건가? 아님 돈이 주체할 수 없이 많아서? 아냐, 가지면 가질수록 더 갖고 싶은 게 돈 아닌가!'

사람의 욕심은 끝이 없다는 걸 누구보다도 잘 아는 그였다.

'하지만 순진한 사람이 한번 물들면 무섭게 바뀌지.'

어떻게 해서든 일단 적은 돈이라도 투자를 하게 만들어야 했다.

생각을 정리한 민서준은 입을 열었다.

"…우동희를 이용해라."

그는 누가 듣기라도 하는 듯 귓속말로 계획을 말해주었다. 한데 민종수는 별로 마음에 들지 않는지 인상을 찌푸리며 물었다.

"과연 아버지 말처럼 되겠습니까?"

"'되겠습니까?'가 아니라 되게 만들어야 한다! 난 지금까지 투자해서 실패한 적이 없다. 왠지 아느냐?"

"삼촌을 이용하시지 않습니까?"

민종수가 삼촌이라고 부르는 인물은 강남 일대를 장악하고 있는 조직폭력배 은광진이었다.

"광진이가 있음으로써 편해지긴 했지만 없을 때 역시 마찬가지였다. 일단 투자를 했으면 무슨 일이 있더라도 회수를 했다. 그것이 설령 불법적인 일이라고 해도. 너 역시 그래야 한다. 그래야 내 아들이고, 그래야만 내 모든 것을 물려받을 자격이 있다."

"예, 아버지!"

대답하는 민종수의 눈은 독기를 내뿜는 민서준과 같은 눈을 하고 있었다.

*　　　*　　　*

여행을 다녀온 뒤 기다리고 있는 것은 많은 양의 일이었다.

영화 대도의 개봉에 앞서 홍보를 위한 방송 스케줄이 잡혔고, KC엔터테인먼트에 결재를 기다리는 일이 쌓여 있었다.

또한 큰아버지가 우당에 출근할 날이 잡히면서 우당의 일도 본격적으로 시작해야 했다.

"지민이와 함께 소속 배우인 배원식이 조연급으로 캐스팅이 됐습니다. 아무래도 배영희 작가가 나름 신경을 써준 것 같은데 어떻게 할까요?"

"지금쯤 글 쓰느라 정신없을 테니 좋은 건 나중에 하기로 하고, 보약하고 건강식품 좀 챙겨서 보내줘요. 그리고 촬영 들어가면 영희 누나 이름으로 스태프들한테 쏘시고요."

"알겠습니다."

참! 배원식 씨는 지민이와 함께 본격적인 피부 관리와 몸매 관리에 들어가세요. 그 누나가 연기는 못해도 어느 정도 이해하는데, 화면에 얼굴이 엉망으로 나오면 짜증 내요."

"그렇게 지시하겠습니다. 그리고 다음은 요조숙녀 건입니다. 방송 출연 이후 딱히 찾는 곳이 없습니다. 예전 지민이가 그랬던 것처럼 지방 행사를 돌고 있습니다만……. 움직이는 비용이 행사비보다 많은 실정입니다. 곧 대학 행사 시즌이니 조금 낫겠지만……."

웬만한 소속사들은 다 걸 그룹을 키우고 있다고 보면 된다.

그중 앨범을 내고 방송에 출연할 수 있는 경우는 20퍼센트 내외. 방송에 출연한다고 해도 지속적으로 출연하는 이들은 그중에서도 10퍼센트.

또한 그 10퍼센트 안에서 10퍼센트 안에 들어야 이름난 걸 그룹이 되니 요조숙녀가 고전하는 건 당연했다.

"유닛으로 예능 프로그램에 출연하는 건요?"

"종편에 한두 번 나갔지만 딱히 인상을 남기지 못해서인지 부르질 않네요."

"기존 걸 그룹들도 TV에 출연할 기회가 적은데 신인이야 오죽하겠습니까."

"그래서 제가 충분히 시간을 둔 후에 내보내자고 했잖습니까. 일단 지켜보다가 안되면 좀 더 어린애들로 멤버를 교체해서라도……."

"자, 자! 최소한 1년은 지켜봐야죠. 고작 몇 달 안 된 애들을 교체한다 하면 있던 기운도 빠지겠습니다. 혹시 회사 자금이 부족합니까?"

"그건 아닙니다만……."

"그럼 그 얘긴 여기까지 하시죠. 참! 혹시 팬클럽은 생겼습니까?"

"그야 일단은 걸 그룹이니까요. 많지는 않지만 그래도 제법 조직적으로 행사하는 데 오곤 한답니다."

"좋아요. 한가한 이참에 팬 미팅이나 한번 계획해 주세요."

"네? 팬 미팅이요?"

이민기 상무는 기가 차다는 듯 되물었다.

"예, 많진 않을 테니 적당한 소극장을 알아봐서 추진해 주세요. 어차피 움직이는 비용이 행사비보다 많다면 행사는 하루쯤 쉬어도 되잖아요. 그리고 방송 출연은 좀 더 신경 써주시고요."

"제 말은 그게 아니라……."

"자! 오늘은 여기까지! 급한 건 제가 우당에 가서 컴퓨터로 결재하겠습니다. 점심 맛있게 드시고, 지금처럼 계속 수고하십시오!"

　"사장님!!"

　이민기 상무가 소리를 쳤지만 난 뒤도 돌아보지 않고 사무
실을 나와 차에 올랐다.

　그의 잔소리를 피하기 위함도 있지만 오늘 점심 약속은 절
대 늦으면 안 되는 자리였다.

제8장

다가오는 손길

"…쩝! 단단히 삐쳤나 보네."

최정연에게 전화를 걸고 있는데 삼 일 전부터 아예 받질 않고 있었다.

마지막으로 통화할 때까지만 해도 잘 놀다 오라고, 백마를 탈 땐 콘돔을 꼭 착용하라는 말까지 하더니 그게 화가 나서 한 소리였나 보다.

약속 장소에 도착할 때까지 반복해서 전화를 걸었지만 결국 받지 않았다.

"기다리고 계십니다."

식당 안으로 들어가 예약을 했다 말하자 약속한 이가 먼저

와 있다고 했다.

"헉! 언제쯤 오셨습니까?"

"글쎄요, 20분 전쯤에 도착하신 걸로 기억합니다만 자세히는 모르겠습니다."

먼저 와서 기다려야 대화에 조금이라도 유리할 것 같아 서둘렀는데 큰어머니는 나와 똑같은 생각을 하셨는지 약속 시간보다 40분 먼저 와 기다리고 계셨다.

그렇다.

오늘 만날 사람은 큰어머니였다.

한국에 도착하자마자 만나자는 연락이 왔는데, 거절할 마땅한 핑계가 없었다.

"일찍 오셨네요, 큰어머니. 그동안 잘 지내셨습니까?"

큰어머니는 잔뜩 굳은 얼굴로 차를 마시고 계셨다. 그래도 당신이 대화를 하자고 했는데 모른 척할 수는 없었는지 눈이 마주치자 살짝 고개를 까닥이는 걸로 인사를 대신했다.

그리고 날 선 목소리로 포문을 열었다.

"조카 같으면 잘 지냈겠어요? 지난 추석 때부터 도무지 편안할 날이 없네요."

"죄송합니다."

"정말 그렇게 생각하나요?"

사실 감사하다는 인사를 받아도 수백 번은 받을 일을 했다. 그러나 전후 사정을 전혀 모르는 큰어머니께 그걸 바랄

수는 없었다.

"네, 물론입니다."

"좋아요. 그렇다면 이제부터 내가 묻는 말에 숨김없이 말해 줬으면 해요."

완전히 기선이 제압된 상태에서 자리에 앉았다. 지금 같은 상황에 밥을 시켜봐야 넘어가지 않을 것 같았기에 커피를 주문했고, 두 모금쯤 마셨을 때 큰어머니께서 말을 꺼냈다.

"이틀 전, 미국에 있어야 할 민주가 갑자기 집에 왔을 때 내가 얼마나 놀랐는지 모를 거예요."

"죄송하다는 말밖에 드릴 말이 없습니다."

"하지만 그보다 놀랐던 건 민주 아빠가 그 사실을 알고 있었다는 거예요. 그때 내가 느낀 배신감이란 이루 말할 수 없었어요. 그러나 그런 감정은 순간이었어요. 분명 내가 납득할 만한 이유가 있을 것이라 생각했거든요."

큰어머니는 말을 하면서 그날의 분노가 되살아나는지 틈틈이 차를 마시며 화를 가라앉히고 말을 이었다.

"그러나 이유를 들을 수 없었어요. 그이는 이유도 모른 채 이해하라고만 하고, 당사자인 민주는 침묵으로 일관하니 그대로 있다간 내가 미쳐 버릴 것 같더군요. 그래서 모든 일을 알고 있는 조카를 보자고 했어요."

"심려를 끼쳐 드려 죄송합니다."

"죄송하다는 사과는 필요 없어요. 내게 필요한 건 납득할 만한 이유예요. 도대체 왜… 왜 이런 일이 있어났는지 모든 걸 알아야겠어요. 비밀이 없던 남편이, 말썽을 피웠지만 착한 내 딸이 왜 지금처럼 됐는지 말이에요!"

감정이 격해졌는지 말을 하다 눈물을 떨구었다. 그럼에도 꾹 참고 할 말을 끝까지 하는 모습에 뭔가 숙연한 기분이 들었다.

'하아~ 어쩐다……'

모든 걸 사실대로 말할 순 없었다. 그러나 감추어서는 설명이 안 되는 부분이 많았다.

내가 말하기를 묵묵히 기다리는 큰어머니를 보며 난 고민에 빠졌다.

'젠장! 일단 믿어보는 수밖에.'

비록 상당 부분 각색은 되겠지만 민주가 겪었던 사건에 대해서 말할 수밖에 없었다.

그래도 됐다간 또 다른 불행의 씨앗이 될 가능성도 있어 보였다.

"지난 추석 때 민주가 가출했다가 추석날 밤에 돌아온 거 기억하시죠?"

"잊을 리가 없죠. 그때부터 그 아이가 변했는데."

"사실 그때 민주는 가출했다가 매춘 조직에 납치되었습니다."

"…아, 아무 일도… 없었던 거죠? 그렇죠? 그러고 보니 그날 처음 보는 옷을 입고 있었는데 설마……!"

"맹세코 아무 일도 없었습니다. 그러니 너무 놀라지 마시고 들어주세요."

결론부터 말해 일단 진정시킨 후 그날 일었던 일―내가 한 일은 사람을 고용해 해결했다는 정도로만 각색해서―을 말해 주었다.

"흑흑! 그래서 그 애가 그토록……. 이제야 이해가 되네요. 왜 안 하던 짓을 하고 다니고, 밤에 비명을 지르며 깨어났는지."

큰어머니는 민주가 겪었을 일을 안쓰러워하며 계속 눈물을 흘리셨는데, 손수건을 꺼내 드리는 것 말고는 그저 지켜볼 수밖에 없었다.

그리고 10분쯤 지나자 진정이 되는지 울음을 멈췄다.

"좀 진정되셨습니까?"

"이젠 괜찮아요. 조카님이 아니었으면 정말이지… 며칠 전 경찰에서 전화가 와서 민주와 만나고 싶다더니 그 때문이었나 보네요."

"경찰이요? 혹시… 무슨 얘기를 했습니까?"

이미 수사가 종결되었다고 알고 있는데, 경찰이 다시 캐고 다닌다?

왠지 예감이 좋지 않았다.

"유학 갔다니까 알았다면서 그냥 끊었어요. 근데 그런 경험을 했다면 차라리 미국에서 계속 지내는 게 낫지 않았을까요? 대체 왜 데려온 거예요."

"그건… 제 예감 때문이었습니다."

"예감?"

"사실 제가 신기가 좀 있습니다."

아무래도 이러다 점집을 차리는 거 아닌지 모르겠다.

"얼마 전에 민주에 관련된 안 좋은 꿈을 꿔서 미국에 가 민주를 데려온 겁니다. 물론 이해가 되지 않으시겠지만 제 점이 워낙 잘 맞아서… 충분히 상의드리지 못하고 독단적으로 행동한 점 진심으로 사과드립니다."

"…조카님이 그런 미신을 믿을 줄은 몰랐네요. 지금이 그애의 인생에서 얼마나 중요한 시기인 줄 아세요?"

역시나 신기라는 걸론 부족했나 싶었다. 한데 큰어머니의 이어지는 말에 비로소 안도할 수 있었다.

"추석 때 그런 일이 있는 줄 알았다면 애 아빠가 무슨 말을 해도 유학을 보내지 않았을 거예요. 신기든 기분 때문이든 민주를 데리고 와줘서 고마워요."

"이해해 주셔서 감사합니다."

큰어머니는 차가워 보이는 인상과 달리 현명하고 따뜻한 분이었다.

"하지만 앞으로는 무슨 일을 하든 꼭 저와 상의를 했으면 해요."

"그러겠습니다."

"어린 조카 앞에서 오늘 너무 흉한 모습만 보인 거 같아 부끄럽네요. 그럼 이제 식사를 할까요? 참 그리고 다음부터는 말 편하게 할게요. 집에도 간혹 놀러 오고요."

"네, 알겠습니다."

혼날 각오를 하고 왔는데, 다행히 잘 해결되었다. 그래서 맛있게 점심을 먹고 우당으로 향했다.

"소화제 드려요?"

내 하루 일과를 알고 있는 허진경이 인사와 함께 소화제를 내밀었다.

"아니, 아주 잘 해결됐어. 내가 없는 동안 잘 지냈어?"

"물론이에요. 모시는 분이 여행을 가셨으니 저에겐 휴가나 다름없었죠."

"다행이네. 참! 조나단 형을 소개시켜 줘서 고마웠어. 덕분에 아주 편하게 쉬다가 왔어."

"조나단 말로는 여행만 다녔다면서요? 한데 어째 많이 피곤해 보이세요?"

"구경만 다녀도 피곤하더라고. 오늘 가장 먼저 할 일은 뭐지?"

바람피운 남편을 보는 마누라처럼 눈을 좁히며 묻는 허진경의 모습에 얼른 화제를 바꿨다.

더 이상의 약점은 사양이었다.

"부이사장님이 뵙길 원하세요."

"그래? 지금 방에 계신가?"

"오실 겁니다. 이사장님을 오라 가라 할 수 없다고 하셨거든요."

원리 원칙을 고집하는 것도 이 정도면 병이다. 이런 면에선 허진경이 허종욱보다 나았다.

사무실에서 조금 기다리자 허종욱이 들어왔다.

"까무잡잡한 것이 아주 보기 좋습니다."

"혼자 놀다 왔다고 혼내시는 것 같습니다?"

"그럴 리가요. 그리고 장성이에게 대충 얘기를 들었습니다. 유학 중인 사촌 여동생을 무작정 데려오셨다죠? 허허허!"

"혼자 생활하는 것이 안쓰러워 대책 없이 데려왔습니다. 다행히 큰아버님께서 이해해 주셔서 아무 일 없이 넘어갔지만요."

"그러고 보면 그런 면에선 선친을 참 많이 닮았습니다. 거침없이 행동을 하지만 그 속에 깊은 뜻이 있다는 건 나중에 알게 되죠."

"무슨 말씀을 하시려고 띄워주시는지 겁이 납니다."

내말에 허종욱은 빙긋이 웃더니 잠시 내 사무실을 천천히 둘러보았다.

그 모습이 마치 졸업식 날 학교를 둘러보는 졸업생의 모습과 비슷했다.

이때 난 그가 무슨 말을 하려는지 짐작했다.

"이제 이사직에서 물러나고 싶습니다."

난 듣자마자 대답했다.

"안 됩니다!"

"이유도 듣지 않고 거절하는 건 이사장으로서 좋은 자세는 아닌 것 같습니다만."

"자세는 천천히 가르쳐 주십시오. 하지만 퇴직은 불가합니다."

"지금까지 세월이 어떻게 지나갔는지도 모를 정도로 바쁘게 살았으니 이제 손주들 재롱이나 보면서 여유롭게 살 생각입니다."

"아들이 고등학생이잖습니까? 정말 손주를 낳으면 그때 다시 말씀하시죠."

나는 막무가내로 그의 퇴직 요구를 받아들이지 않았다.

허종욱이 우당에 기여한 바가 많고 믿음직하다는 이유도 있지만, 그가 없으면 내 일이 많아질 수밖에 없다는 점이 크게 작용했다.

게다가 차기 이사장을 맡길 유력한 후보 아닌가.

"정말 막무가내군요. 나 같은 늙은이 하나 빠진다고 해서 흔들릴 우당이 아닙니다."

"제가 장담하건대 흔들리다 못해 근본까지 바뀔 겁니다."

"허어, 장성이 말로 신기가 있다더니……. 우당의 미래까지 보입니까?"

"그렇다고 해두죠. 갑자기 왜 그만두시려는 건지 이유라도 말씀해 주십시오. 납득이 된다면 그땐 수긍하고 놓아드리겠습니다."

납득이 될 리가 없었지만 막무가내로 그만두지 못하게 하는 것이 아님을 보여주기 위해 말했다.

"헤어지기 싫은 연인이 떼쓰는 것처럼 말하는군요. 굳이 말하자면 이미 오래전부터 이사장님이 자리에 앉으면 그만둘 마음을 먹고 있었습니다."

난 정해진 답을 말했다.

"납득이 되질 않는군요."

"…어떻게 해야 납득이 되겠습니까?"

'어떻게 해도 안 된다니까 그러네요.'

겉으론 고민하는 척했지만 내 의지는 확고했다. 물론 그만두겠다는 그의 의지도 확고해 보였지만.

겨우 큰아버지까지 영입했는데 이게 무슨 날벼락이란 말인가?

'아! 설마 큰아버지를 이사직에 앉혀서?'

"장성이 때문은 절대 아닙니다!"

내 표정의 변화를 읽었는지 강력히 부인하는 그였다. 물론 순간적으로 든 생각이지, 정말 허종욱이 큰아버지 때문에 그만두려 하는 것이 아님을 알고 있었다.

'그러나 발목을 잡을 수는 있을 것 같군.'

치사하지만 내가 살기 위해선 어쩔 수 없었다.

"저도 그렇게 믿습니다. 하지만 남의 말 하기 좋아하는 이들은 분명 큰아버지 때문에 그만둔다고 생각할 것 같습니다만… 어떻게 생각하십니까?"

"……."

확실히 효과가 있었다. 확고했던 그의 표정이 처음으로 굳어졌다.

그에 나는 말을 더했다.

"두 분이서 합심해 뭔가를 하나 이룬 후에 그만두신다면 그런 오해가 없지 않을까요?"

허종욱은 장고(長考)에 들어갔다.

나를 지루하게 만드는 것이 유일한 복수라도 되는 양 차가 다 식어 찬물이 될 때까지 말이 없었다. 그리고 기다림에 지쳐 하품을 하고 있을 때 그는 자리에서 일어나며 말했다.

"…이사장님이 이겼습니다. 오늘은 이만 가보겠습니다."

"생각을 바꿔주셔서 감사드립니다."

"하지만! 조만간 다시 찾아뵙죠."

장담하건대 그가 말한 조만간은 1, 2년 안엔 불가능한 일일 것이다. 왜냐하면 큰아버지와 그에게 맡길 일은 장기 계획이었기 때문이다.

"아무리 화가 난다고 해도 전화는 받아야지. 그래야 사과를 하든 용서를 빌든 할 거 아냐!"

울리기만 할 뿐, 연결이 되지 않는 전화를 끊으며 버럭 소리 쳤다.

걱정이 되다가 이젠 슬슬 화가 나는 중이었다.

출연한 드라마에 잘 나오는 것을 보면 건강에 이상이 있는 건 아니었다. 또한 헤어질 생각이라면—명목상 친구 사이니 그럴 필요 없지만—전화를 받고 '끝났어!'라는 한 마디만 하면 되는 일 아닌가.

"…아무래도 오늘 촬영장으로 가봐야겠어."

당장 달려가고 싶었지만 대도가 개봉하면서 시사회장에 인사를 하고 다니는 중이었다.

똑똑!

"철아, 나가기 10분 전."

매니저 형이 노크를 하고 들어와 말했다.

인기를 조금 얻고 있다고 해도 선배들에 비할 바는 아니었고, 모든 면에서 막내였기에 누구보다도 빨리 준비해야 했다.

출연진 한 명, 한 명이 워낙 영화계의 막강한 인물들이다 보니 시사회에서 내가 할 일은 웃는 표정으로 서 있다가 혹시라도 마이크가 온다면 짧게 한마디 하는 게 다라고 생각했다.

"꺄아~ 김철 오빠!"

한데 예상과 달리 귀빈석과 기자석 뒤에 마련된 일반석에서 내 이름을 부르는 사람들이 있었다.

비율적으로 많진 않았다. 다만 목소리가 크고 타인의 시선을 두려워하지 않는 어린 친구들이라 그런지 어느 누구보다 인기가 많은 것처럼 느껴졌다.

"얘, 손 좀 흔들어."

영화를 찍으면서 친해진 전수현이 옆구리를 찔렀다. 뜻밖의 상황에 멍하게 서 있던 나는 그에 정신을 차리고 손을 흔들었다.

"김혜정 씨, 영화에 대해 한 말씀 해주세요."

"처음 시나리오를 받자마자 출연을 결심할 정도로 제 마음을 사로잡은 작품이었어요. 그리고 감독님 이하 스태프, 저희가 최선을 다해 완성도 있게 찍었다고 생각합니다. 그러니 재미있게 봐주세요."

"전수현 씨, 5년 만에 출현한 영화인데 출연을 결심하게 된 가장 큰 이유가 무엇입니까?"

"혜정 언니, 종현 선배님, 재용 오빠, 덕환 오빠가 출현한다고 해서요. 꼭 한번 같이해 보고 싶었거든요."

"다른 분들은요?"

"다른 분들은 제가 출연이 결정된 뒤에 결정된 분들이세요. 호호호!"

"하하하! 그렇군요."

출연진이 많은지라 한 사람당 한두 가지의 질문을 던졌는데, 그것만으로도 꽤 시간이 걸렸다.

난 처음 서보는 무대인지라 낯이 뜨거워서 마네킹이라도 된 듯 입에 미소를 걸어놓고 머릿속으로는 딴생각을 하고 있었다.

"…씨, 여러 선배와 호흡을 맞춘 소감은 어떻습니까? 특히 전수현 씨를 좋아하는 역할인데 연기할 때 어땠습니까?"

"……."

"…김철 씨?"

옆에 있던 조덕한이 어깨를 툭 치지 않았다면 나에게 한 질문이라는 걸 몰랐을 것이다.

"아! 네! 뭐라고 말씀하셨는지 다시 말씀해 주시겠습니까? 이런 자리가 처음이라, 좀 긴장한 상탭니다."

"하하하! 혹시 사법시험 2차를 생각하고 있었던 거 아닙니까?"

합격해서 이미지가 좋아진 것까진 괜찮았는데 이렇게 심심하면 물어보니 불편했다.

"1차 시험은 대학 때 공부한 것이 아까워서 봤는데 운이 좋았는지 합격한 것뿐입니다. 2차는 보지 않을 생각입니다."

"사법시험이 운으로 합격할 수 있는 건 아니죠. 연기에 전념하겠다는 뜻입니까?"

"예, 그렇습니다."

"아깝지 않습니까?"

"전혀요. 연기로는 충분히 검사도, 변호사도 될 수 있지 않습니까?"

"다음엔 그런 역을 맡고 싶다고 홍보하시는 겁니까?"

"물론입니다. 꼭 기사화해 주시면 감사드리겠습니다."

"하하하! 영화보다는 개인적인 홍보가 우선이군요. 마지막으로 하실 말은 없습니까?"

"있습니다. 오늘 와주신 '철이와 영희' 팬 카페 여러분 사랑합니다. 이상입니다."

위기를 모면하기 위해 한 말이 오히려 시사회장 분위기를 좋게 만들었고, 끝난 후엔 많은 사람에게 재치 있다는 말을 들을 수 있었다.

사법고시 1차 합격이라는 타이틀이 날 지적인 이미지로 만들었고, 그로 인해 별다를 것도 없는 말을 좀 더 고급스럽게 만드는 마법을 부렸나 보다.

"술이나 한잔하고 가."

박성명 감독이 홍보하느라 고생했다고 저녁 겸 술을 먹자고 했지만 오늘은 최정연에게 가볼 생각이라 거절했다.

"참! 감독님, 조만간 시간 좀 내주십시오. 제가 식사 대접 겸 드릴 말씀이 있습니다."

"다음 영화까지는 한가하니 언제든지 와. 그리고 여지민이

너네 회사지? 울 아들, 그 꼬맹이가 팬이라고 사인 좀 받아달 라다."

"하하하! 알겠습니다. 그건 내일이나 모래쯤 사무실로 보내 드릴게요."

"고맙다."

난 선배들에게도 인사를 한 후 차에 올랐다.

"어디로 갈까?"

"잠깐만요."

난 스마트폰으로 최정연의 공식 팬 카페로 들어갔다.

그녀의 스케줄을 확인하기 위해서였는데, 카페의 일정 등급 만 되면 확인이 가능했다.

참고로 내 아이디는 그녀 덕분에 운영진으로 되어 있었다.

"형, 경기도 청평댐으로 가자."

"거긴 왜?"

"정연이 만나러."

"기자들 있으면 어쩌려고?"

"거기 우리 회사 배우도 있지 않아?"

최정연의 추천으로 배역을 받은 이가 있었다.

"아! 희정이가 있었네. 그렇다면 중간에 들러 뭐라도 사 가 는 게 좋지 않을까?"

"밤 늦게까지 촬영한다니까 간식차나 불러주든가."

"희정이한테 전화해서 예약된 것이 없으면 그걸로 하자. 걔

면도 세워주고."

청평으로 가는 동안 석도민은 간식차를 불렀고 촬영장 근처에서 그들이 오기를 기다렸다가 같이 들어갔다.

"사장님, 오셨어요?"

"아! 희정 씨, 촬영하느라 고생 많죠?"

"아뇨, 이렇게 촬영을 하는 것만으로 얼마나 좋은지 몰라요."

보조 출연자나 역이 미미한 조연급 출연자들에게는 촬영의 어려움보다는 기다림의 지루함이 더 컸다. 한데 백희정의 경우 한두 컷 나오다가 꽤 비중 있는 조연을 맡아서인지 왠지 신이 나 보였다.

"차차 더 좋아질 겁니다. 혹시 필요한 것이나 회사가 해줬으면 하는 것이 있으면 매니저를 통해서라도 꼭 말해주세요."

"지금으로도 충분해요. 오늘 너무 감사드려요."

즉흥적인 생각으로 간식차를 부른 것이 미안할 정도로 백희정은 고마워했다.

'좀 더 신경 써야겠군.'

여지민의 활약으로 회사 사정이 나아진 상태라 해도 미래를 위해 새로 활동을 시작한 이들에게 투자할 필요가 있었다.

백희정과 얘기를 나누면서도 내 눈은 재빨리 촬영장에 있는 최정연을 찾았다.

그리고 막 한 신을 끝내고 촬영이 잘되었는지 확인하고 있는 그녀를 볼 수 있었다.

난 최정연이 대기 장소로 갈 때까지 기다렸다.

'지금이군.'

기분이 좋지 않은지 잔뜩 굳은 얼굴의 그녀가 촬영장에서 조금 떨어진 대기 장소로 가 의자에 앉았다.

난 바로 다가가지 않고 조금 떨어진 곳에서 전화를 걸었다.

한데 전화기를 확인하는 사람은 최정연도, 그녀의 매니저도 아닌 그녀 주위를 에워싸고 있는 경호원 중 한 명이었다.

그는 발신인이 누구인지 확인 후 가타부타 말도 없이 전화기를 꺼버렸다.

'나쁜 새끼! 저러니 통화음만 계속 울리지. 그냥 꺼버리든지 거절을 하든지 할 것이지.'

최정연이 신경질적으로 말했다.

"…언제까지 이럴 거죠?"

"죄송합니다. 저희가 회장님의 명령을 따를 수밖에 없음을 이해해 주십시오."

"한 번만 통화를 하자고요. 내 사정을 얘기해야 그도 더 이상 연락하지 않죠. 그 편이 댁들에게도 편할 거 아니에요?"

"알아서 떨어지게 하라고 하셨습니다. 죄송합니다."

"…휴우~ 당신들은 할 줄 아는 말이 죄송하다는 말뿐이군요? 됐어요! 말해봐야 내 입만 아프지……."

최정연은 전화를 받지 않은 게 아니라 못한 것이었다. 말이 통하지 않는다는 걸 충분히 겪었는지 금세 체념을 한 그녀는 의자에 기대며 눈을 감아버렸다.

보러 온 이상 경호원이 있다고 그냥 갈 생각은 없었다. 난 그녀에게로 향했다.

"멈추십시오."

경호원 두 명이 앞을 가로막으며 말했고 난 예의를 갖춰 용건을 얘기했다.

"정연이랑 잠깐 얘기할 것이 있어 왔습니다."

"철아!"

최정연은 내 목소리를 들었는지 눈을 뜨며 외쳤다.

"안녕. 정말 목소리 듣기가 왜 이렇게 힘드냐? 잠깐만 기다려. 이 사람들이랑 먼저 얘기 끝내고. 비켜주시죠?"

"불가합니다. 돌아가십시오."

"무슨 일 때문에 이러는지 짐작은 갑니다만 잠깐 얘기하려는 것도 막는다면 무슨 수로 해결합니까? 잠깐이면 되니 이해 좀 부탁드립니다."

촬영 장소와 조금 떨어져 있어 지나다니는 사람이 많진 않았다. 그러나 아예 없진 않았고, 소란스러워지면 금세 이목이 집중될 수 있었기에 가급적 좋게 해결하려 했다.

"불가하다고 말했을 텐데요. 좋은 말로 할 때 물러나십시오."

"정말 잠깐이면……."

"물러나라고, 이 새끼야! 말귀를 못 알아 처먹는 거야, 아님 잘난 얼굴 믿고 까부는 거야? 흉하게 끌려 나가기 싫으면 얼른 꺼져라."

가급적 말로 해결하고 싶었다. 한데 경호원 중 가장 연장자로 보이는 사내가 낮은 목소리로 도발을 해왔다.

잠시 어이가 없어 그를 쳐다보았다.

"그렇게 꼬나보면 어쩔 건데? 그러니까 좋은 말 할 때 물러나라고 했잖아, 이 새끼야!"

"하하……."

웃음밖에 나오지 않았다.

경호원의 성격인지, 아님 윗사람에게 최정연의 곁에서 떨어지게 만들기 위해 받은 명령 때문인지는 모르지만 확실한 건 내 기분을 더럽게 만드는 데에는 성공했다는 것이다.

"셋 센다. 그동안 안 물러나면 그땐 걸어서 못 나갈 줄 알아라. 하나, 둘……."

"셋!"

난 경호원이 카운트를 세는 동안 주위를 살폈다. 그리고 지나가는 사람도 없음을 확인하곤 '셋!'을 말한 후 몸을 움직였다.

일단 가로막고 있는 두 경호원의 울대를 가격했다.

"컥!"

"크윽!"

그게 끝이 아니었다. 갑작스러운 울대 공격에 목을 감싸 쥐는 두 사람에게 그대로 귀싸대기를 날렸다.

쫘악! 쫘악!

귀싸대기는 죽이지 않기 위해 주로 사용했지만 치욕감을 주려 할 때에도 사용했는데, 이번엔 후자의 경우였다.

정확히 세 번째 귀싸대기를 맞고 쓰러지도록 의도했고, 귀싸대기를 맞은 경호원은 정확히 세 번째에 바닥에 쓰러졌다.

"너, 뭐야!"

바닥에 드러누운 두 명을 본 또 다른 경호원들은 즉각적으로 반응하며 움직였지만 수준 차이를 알았는지 쉽사리 접근하지 못했다.

먼저 움직인 것은 나였다.

사람들이 지나가기 전에 조용히 만들어야 했다.

"그만해!"

상황을 파악한 최정연이 소리쳤을 땐 나머지 두 명도 바닥을 뒹굴고 있었다.

"휴우… 내가 요즘 하루에 1년씩 늙는다. 갑자기 왜 그래?"

최정연은 날 봐서 기쁘면서도 한편으론 쓰러진 경호원들을 복잡한 표정으로 바라보더니 한숨을 내쉬었다.

"…경호원들 바꿔야겠다. 이렇게 허약해서야 누굴 지키겠냐? 그리고 말본새도 싸가지 없고."

"할아버지가 보낸 이들이야."

"짐작했어. 그동안 연락이 없어 많이 걱정했어."

"피이~ 이런 상황에 가슴 설레게 하는 말이라니……. 너답다. 한데 오늘 일로 더 못 만나게 될 거야. 아마 촬영장에 스태프들보다 경호원이 더 많아질걸."

"이 정도 수준이라면 아무리 깔아놔도 상관없어."

"허풍은… 그나저나 휴가는 잘 다녀왔어?"

덩치 네 명이 널브러져 있는 곳에 앉아 우리는 아무렇지 않게 얘기를 나누었다.

정작 놀란 사람은 그녀의 매니저였다.

"이, 이, 이게 어떻게 된 일이야?"

"오빠, 소란스럽게 굴지 말고 차로 옮겨."

"…내가?"

"그럼 내가 옮겨?"

"아, 아니. 누가 너한테 옮기래? 혼자는 못 옮길 것 같으니까 하는 말이지."

그는 날 향해 도움의 눈길을 보냈지만 난 모른 척했다.

난 경호원들이 바닥에 더 누워 있길 바랐다.

결국 매니저는 낑낑거리며 그들을 차로 옮겼는데, 다행인 점은 한 명을 옮기고 있을 때 뒤에 쓰러진 두 명이 깨어났다는 것이다.

깨어난 두 경호원은 감히 내게 덤비지 못했고, 그저 눈치를 보다 귀싸대기를 맞은 한 명을 들쳐 업고 어디론가 가버렸다.

"내 사정 알았으니까 이제 그만 가."

"어쩌려고?"

"할아버지가 반대해도, 내 인생 내 맘대로 살려고 마음먹긴 했는데…… . 어릴 때 유독 예뻐해 주셨던 할아버지가 나 때문에 건강이 나빠졌다는 말을 들으니 차마 그럴 수가 없었어."

"이해해. 네가 무슨 말을 해도 따를 거고. 근데 너희 할아버지를 내가 한번 볼 수 있을까?"

"네가 할아버지를?"

"웅, 언제까지 이러고 지낼 순 없잖아. 가능하다면 좋게 해결하고, 불가능하다면……."

뒷말은 아꼈다.

최정연의 마음은 어떤지 모르지만 거센 반대를 이겨내면서까지 연애를 하기에는 할 일이 많았다.

"알았어. 한번 알아볼게. 하지만 기대는 마. 우당에 대한 할아버지의 감정은 상상 이상이거든."

"연락 기다릴게. 이제 가야겠다. 더 있다간 큰 소란이 일겠다."

경호원 모두가 정신을 차렸는지 맞은편에 서서 이를 갈고 있었다.

상대도 되지 않음을 알면서도 다시 으르렁거리는 것은 멍청하거나 믿는 구석이 있다는 얘기였다.

"오늘 와줘서 고마워. 작별 인사로 꼭 껴안아주고 싶은데 사람들 눈이 많네."

"그러게."

난 최정연이 내민 손을 가볍게 잡은 후 돌아섰다.

＊　　　　＊　　　　＊

위생복을 입은 채 들고 있던 도시락을 앞에 있는 노인에게 건넸다.

"어르신, 맛있게 드십시오."

"…고마우이."

좋은 하루를 보내라고 한마디 더 하고 싶었지만 노인은 이미 고개를 돌렸고, 새로운 노인이 손을 내밀고 있었다.

"맛있게 드십시오."

"고맙네. 그 청년 참 잘생겼네. 허허허!"

"감사합니다, 어르신."

우당 이사장의 일 중엔 우당과 관련된 자선단체장을 만나는 일도 포함되어 있었다.

그래서 가장 열성적으로 일하는 단체 중 한 곳을 선정해 방문했다. 한데 인사차 들렀을 때에는 마침 불우 이웃을 위해 도시락을 나눠주고 있었고, 인사만 하고 갈 수 없어 나도 한 팔 거들고 있는 중이었다.

1톤 트럭 안에 가득했던 도시락이 거의 떨어질 때쯤 길게 늘어서 있던 줄도 끝이 났다.

"부족하면 어쩌나 걱정했는데 남았군요?"

"언제나 생각보다 조금 더 넉넉하게 준비합니다. 남는 건 저희가 먹으면 되지만 부족하면 저흴 기다리던 이들이 빈손으로 가야 하니까요."

도시락을 나눠주는 동안 시종일관 내 옆에서 이것저것 말해주던 '우당 도시락'의 단장은 이번에도 웃는 얼굴로 설명을 했다.

'정말이지, 웃는 얼굴만 봐도 내가 살아온 삶을 되돌아보게 만드는 분이군.'

천사가 있다면 바로 단장과 같은 사람이 아닐까 할 정도로 그는 따뜻하고 행복해 보였다.

"단장님, 말씀 놓으시라니까요?"

사실 단체명에 우당이라는 이름을 넣은 곳은 단체장이 우당과 직접적인 관련이 있거나, 혹은 우당에서 지원을 받고 있는 독립운동가의 자손이 대부분이다.

하지만 우당 도시락은 우당과 관련이 없는 별개의 봉사 단체였는데, 우당 도시락의 단장은 마치 내가 대단한 사람이라도 되는 양 대하니 불편했다.

"허허허! 이사장님께 그럴 수가 있나요. 아마 제가 말을 놓았다고 하면 우당회의 어른께 혼이 날 겁니다."

우당회.

독립운동가와 그 후손들이 만든 단체로, 자발적으로 수많은 봉사 활동을 하고 있었는데 우당 도시락도 우당회의 한 조직이라고 보면 됐다.

"에고! 전 모르겠습니다. 편하신 대로 하십시오. 한데 이제 일이 다 끝나신 겁니까?"

"예, 이사장님 덕분에 빨리 끝났습니다."

예의상 하는 말이라는 걸 알고 있었다. 익숙하지 않은 일을 하는 사람이 옆에 있어봐야 일만 더뎌지게 마련이었다.

"그럼 약소하나마 저녁을 대접하고 싶은데 어떠십니까?"

고생하는 이들을 위해 저녁이라도 대접하고 싶었다.

"대접이라면 귀한 분이 오셨는데 제가 해야죠. 자, 자! 모두들, 오늘은 내가 쏠 테니 먹고 싶은 것 먹으라고."

"와아! 단장님, 최고십니다!"

십여 명의 자원 봉사자들은 단장의 말에 일제히 환호했다.

'계산이야 내가 먼저 하면 되지만 정말 행복하게 사는 분들이야. 도무지 내가 따라 할 수 없네. …한데 저 단장이라는 분은 너무 친근하고 익숙한데 어디서 봤지?'

그러고 보니 이름도 묻지 못했다.

이런 느낌은 보통 빙의를 했던 사람에게 느껴지는 감정이었는데, 기억을 뒤져보았지만 딱히 떠오르는 사람은 없었다.

'…오래전의 일인가 보지.'

모든 걸 기억하는 것도 아니고 아주 특별한 일만 또렷하지,

나머진 가물가물할 뿐이었다.

'그보다 아까부터 이곳을 지켜보고 있는 저 차는 뭐지?'

일을 하고 있을 때부터 근처에 서 있던 승합차가 밥을 먹고 있는 가게 건너편 도로에 서 있었다.

파파라치라기에는 어색한 점이 많았다.

신경을 쓰면서 밥을 먹다 보니 어느새 식사 시간이 끝이 났다.

"잘 먹었습니다, 단장님."

"계산은 이사장님이 하시고 저한테 잘 먹었다니요? 제가 잘 먹었습니다."

"하하! 돈이야 누가 계산하면 어떻습니까. 어쨌든 사신다고 하신 분은 단장님이시니 잘 먹었습니다."

"허허허! 알겠습니다. 우당회에 한번 들러주십시오. 어르신들이 이사장님을 뵙길 학수고대하고 계십니다. 그리고 그땐 제가 꼭 대접하겠습니다."

"안 그래도 본격적인 일을 시작하기 전에 한번 들를 생각이었습니다. 조만간 연락드리고 찾아뵙겠습니다."

"기다리고 있겠습니다. 그럼 조심히 들어가십시오."

"단장님도요. 모두 고생하셨습니다!"

난 한 사람, 한 사람과 악수를 한 후 허진경에게 가지고 온 봉투를 건네라는 신호를 보냈다.

"아이고, 이런 거 필요 없습니다. 우당에 작은 힘이라도 보태고자 시작한 일인데 이러시면 곤란합니다."

"이사장님이 일하는 데 도움이 되라고 약소하게나마 준비한 것이니 부담 갖지 마시고 받으세요. 보기엔 없어 보이는 연예인처럼 생겼지만 엄청난 부자랍니다."

말도 참 예쁘게도 한다.

석훈이가 하루라도 빨리 그녀를 사로잡아 버릇 좀 고쳐줬으면 했다.

'쩝! 잡혀 살지나 않으면 다행이지……'

불가능한 상상은 하지 않는 게 좋았다.

금일봉을 전달하고 따라 나온 허진경은 내 얼굴을 흘깃 보더니 한마디 했다.

"금일봉을 전달하기 위해 한 말이니 마음에 두지 마세요."

"이제 그냥 그러려니 해. 자, 이제 퇴근하자고."

"고생하셨어요."

막 차에 오르는데 아까부터 따라다니던 차에서 남녀가 나와 내 쪽으로 다가왔다.

'저 사람들은……'

방찬희와 김완주였다.

둘이 다가오자 경호원—공식적인 일을 하면서 네 명이 따라다녔다—들이 앞을 막아섰다.

"김철 씨, 저 모르겠습니까? 지난번 광장동 촬영장에서 봤었잖습니까? 이 사람이 팬이라고 사인까지 해주셨는데……"

방찬희는 위험한 사람이 아님을 말하려는지 경호원들의 어깨너머로 얼굴을 내밀며 알은척했다. 오래전 일도 아니고 모른 척하는 것도 이상했기에 나 역시 알은척했다.

  "아! 기억납니다. 밥 먹을 땐가 술 먹을 때 찾아오셨던 분들이시죠? 한데 여자분은 그때 그분이… 하하하! 아무것도 아닙니다."

  "농담입니다. 하하하! 직장 후배라고 소개했었죠?"

  "…와이프라고 했는데요."

  "아아! 그랬군요. 워낙 비슷한 경우가 많다 보니……."

  기억을 더듬으니 광장동에서 그들을 만난 기억은 두 개였다.

  과거가 바뀌기 전엔 직장 후배로, 바뀐 후엔 와이프라고 소개를 했다.

  난 적당히 얼버무리며 화제를 바꿨다.

  "한데 무슨 일이십니까?"

  "몇 가지 물어볼 게 있습니다. 우당으로 면담 요청 전화를 몇 번 했는데 직원이 번번이 거절을 하시더군요. 그래서 실례를 무릅쓰고 이렇게 찾아왔습니다."

  그의 말을 듣고 허진경을 쳐다보자 귓속말로 속삭였다.

  "경찰청의 공식적인 면담 요청도 아니고, 어느 사건과 관련되어 있다고 해서 거절했습니다. 굳이 응대해 봐야 좋을 것이 없으니 거절하시는 게 좋을 것 같습니다."

허진경의 말은 영장 없이는 어떤 말도 할 필요가 없다는 얘기였다.

그러나 굳이 피한다는 인식을 주고 싶지 않았고, 그가 무슨 일로 왔는지 궁금했다.

"잠깐이라면 괜찮습니다."

"감사합니다. 기다리다 보니 요 앞에 조용한 커피숍이 있던데 그쪽으로 가시죠."

"이사장님!"

허진경이 왜 경찰들을 상대하지 않으려는지 알고 있었지만 피한다고 능사는 아니었다.

"괜찮아요. 이왕 이렇게 된 거 허 비서와 경호원들도 들어와서 차 한 잔씩 해요."

난 일행을 데리고 방찬희를 뒤따라갔다.

"다시 한 번 시간을 내주셔서 고맙습니다. 그럼 길게 얘기할 수 없으니 바로 본론으로 들어가겠습니다."

"천천히 하셔도 됩니다. 그냥 차 한잔한다고 생각하고 편하게 듣겠습니다."

"그럼 저야 좋죠. 얼마 전 청담동 태광빌라에 가신 적 있으시죠?"

"예, 친구가 있어 두어 번 방문한 적이 있습니다."

"그럼 혹시 김철 씨가 친구 집을 방문했던 날 그곳에서 살인 사건이 일어났다는 것을 아십니까?"

"그런 일이 있었습니까? 소란이 일었다면 알았을 텐데 전전혀 몰랐습니다."

"음, 그렇다면 뭔가 수상한 것을 목격하진 않았습니까?"

"전혀요. 그날은 술을 좀 과하게 먹어 깊이 잠들었었거든요."

"증명해 줄 사람은 있습니까?"

어째 갈수록 날 범인이라고 단정하는 듯한 말투였다.

난 방찬희가 질문을 하는 동안 옆에 앉아 날 샅샅이 훑어보는 김완주를 보았다.

"……!"

그리고 그녀의 눈빛에서 이들이 면담을 가장해 취조를 하고 있음을 알 수 있었다.

'쯧! 결국엔 여기까지 왔군.'

완전범죄를 꿈꿨다면 목격자를 남겨두지 않았을 것이다. 최대한 조심하며 증거를 남기지 않으려 했지만 언젠가는 의심하는 이가 나타날 것이라 짐작하고 있었다.

"공식적으로 증명하긴 곤란합니다. 제가 어디에서 누구와 있었는지 아는 것 같은데 이해해 주시기 바랍니다."

"아! 이해합니다. 저도 그냥 묻는 거지, 증명하라고 할 생각도 없습니다. 이번엔 다른 사건에 대해 물어봐도 되겠습니까?"

"다른 사건이요? 이거야 원, 마치 절 여러 사건의 용의자처럼 취급하시는군요?"

"그런 건 아닙니다. 다만……."

"기분은 별로지만 괜찮습니다. 저만 떳떳하면 되는 거죠. 일단 무슨 얘긴지 들어나 보죠."

짐작되는 것이 있었다. 큰어머께 전화를 했다는 이가 분명 이들일 것이다.

"일반인들에겐 알려지지 않은 사건이 있습니다. 혜화동 일대를 장악하고 있던 조폭이 가출 소녀들을 인신매매해 매춘을 하다가 한 남자에게 모두 살해당한 일이 있었죠."

"이런 말 하긴 그렇지만 자업자득이군요."

"저 역시 개인적으로는 그렇게 생각합니다. 하지만 공적으로는 범인을 잡아야 하는 입장이라."

"한데 그 사건이 저와 관계가 있다는 겁니까? 음, 한 남자라고 했으니 절 용의자로 의심하고 계시는군요?"

"아니라고는 못 하겠습니다."

"하하하! 황당하군요. 제가 정의의 사도도 아니고 뭐가 부족해서 그런 위험한 일을 하겠습니까?"

"그렇긴 하죠. 하지만 범인이 그런 짓을 한 이유는 명확하진 않지만 한 소녀 때문이라고 추측하고 있습니다."

"소녀요? 설마 소녀를 구하기 위해 조직폭력배들과 싸웠다고요? 정말 영화와 같은 스토리군요. 상상으로는 저 역시 그러고 싶지만 현실에선… 글쎄요, 무엇보다도 저에겐 제 목숨보다 중요한 소녀는 없습니다."

"있으시잖아요. 사촌 여동생, 김민주 양."

"하하, 아끼는 사촌 여동생이지만 목숨을 걸 정도는 아닙니다. 그리고 저라면 다른 방법으로 얼마든지 구할 수 있지 않을까요? 가령 돈을 지급하거나 사람을 구해 구할 수도 있겠죠."

"…끝으로 이 사진을 봐주십시오."

방찬희가 보여준 사진은 스티로폼 박스를 쓰고 달려가고 있는 내 모습이었다.

"프라이대머리의 오마주인가요?"

프라이대머리는 상자를 머리에 쓰고 다니는 유명 가수였다.

"하하! 농담입니다. 사진을 보여준 의도가 무엇인지 모르겠지만 본 적이 없는 사람입니다."

"…그렇습니까? 알겠습니다. 오늘 귀중한 시간 내주셔서 감사합니다."

내가 사진을 볼 때 방찬희가 순간적으로 김완주를 쳐다보는 것을 놓치지 않았다.

'김완주, 이 여자가 프로파일러인가?'

대화 내내 한 마디도 없이 내 일거수일투족을 살핀 이유가 나의 팬이기 때문은 아닐 것이다.

"이사장님, 경찰 고위층에 아는 사람이 있는데 한마디 해놓을까요?"

"괜찮아. 일단은 지켜보자고. 그리고 저들은 경찰이 아냐."

두 사람이 일어나자 허진경이 다가와 조용히 물었고, 난 찻값을 계산하고 떠나는 두 사람에게 시선을 떼지 않은 채 중얼거렸다.

『인생을 바꿔라』 5권에 계속…

이제부터 전자책은

이젠북

www.ezenbook.co.kr

새로운 세계가 열린다!

김재한 『성운을 먹는 자』　　철백 『대무사』
니콜로 『마왕의 게임』　　　가프 『궁극의 쉐프』
이경영 『그라니트:용들의 땅』　문용신 『절대호위』
탁목조 『일곱 번째 달의 무르무르』　천지무천 『변혁 1990』
강성곤 『메이저리거』　　　SOKIN 『코더 이용호』

이름만 들어도 황홀할 정도의 별들의 향연!
이들의 "유료연재"가 시작됩니다!

검색창에 **이젠북**을 쳐보세요! ▼

초대형 24시 만화방

신간 100%, 샤워실, 흡연실, 수면실(침대석), 커플석, 세탁기 완비

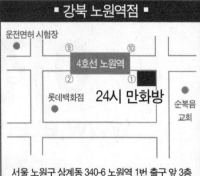

▪ 강북 노원역점 ▪

운전면허 시험장

4호선 노원역

롯데백화점   24시 만화방   순복음 교회

서울 노원구 상계동 340-6 노원역 1번 출구 앞 3층
02) 951-8324 (화용빌딩 3층)

▪ 일산 정발산역점 ▪

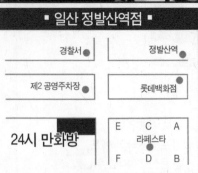

경찰서   정발산역

제2 공영주차장   롯데백화점

24시 만화방   E C A
라페스타
F D B

라페스타 E동 건너편 먹자골목 내 객잔건물 5층
031) 914-1957

▪ 일산 화정역점 ▪

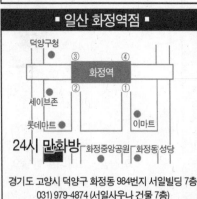

덕양구청

③   화정역   ④

②   ①

세이브존

롯데마트   이마트

24시 만화방   화정중앙공원 화정동 성당

경기도 고양시 덕양구 화정동 984번지 서일빌딩 7층
031) 979-4874 (서일사우나 건물 7층)

▪ 부천 역곡역점 ▪

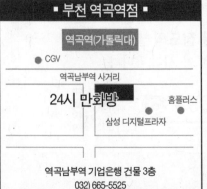

역곡역(가톨릭대)

CGV

역곡남부역 사거리

24시 만화방   홈플러스

삼성 디지털프라자

역곡남부역 기업은행 건물 3층
032) 665-5525

▪ 부평역점 ▪

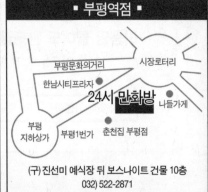

부평문화의거리   시장로터리

한남시티프라자   24시 만화방   나들가게

부평
지하상가   부평1번가 춘천집 부평점

(구) 진선미 예식장 뒤 보스나이트 건물 10층
032) 522-2871

박선우 장편소설
FUSION FANTASTIC STORY

멋진 *Wonderful*
인생 *Life*

태어나며 손에 쥔 것이라고는 가난뿐.

그러나 내게는 온몸을 불사를 열정과
목숨처럼 소중한 사랑이 있었다.

『멋진 인생』

모두가 우러러보는 최고의 직장이자 가장 치열한 전쟁터,
천하그룹!

승진에 삶을 바친 야수들의 세계에서 우뚝 서게 되는
박강호의 치열하지만 낭만적인 이야기!

Book Publishing CHUNGEORAM

유행이 아닌 자유추구
WWW.chungeoram.com

강준현 장편소설
FUSION FANTASTIC STORY
인생을 바꿔라
『복수의 길』, 『개척자』 강준현 작가의
2016년 신작!
자신이 무엇인지 알지 못하는 정신체, 염.
세상을 떠돌며 사람의 몸속으로 들어가
에너지를 얻고 나오길 반복하던 어느 날.
사고로 인한 하반신 마비, 애인의 이별 선언.
삶에 지쳐 자살하려는 김철의 몸에 들어가게 되는데…….
"뭐, 뭐야! 아직도 못 벗어났단 말이야?"
새로운 삶을 살리라,
정처 없이 떠돌던 그의 인생 개척이 시작된다!
"어떤 삶인지 궁금하다고? 그럼 한번 따라와 봐."
Book Publishing CHUNGEORAM
유행이 아닌 자유추구 -
www.chungeoram.com

궁극의 쉐프

Ultimate chef

가프 장편소설

FUSION FANTASTIC STORY

태초의 우물에서 찾은 사막의 기적.
사람의 식성과 식욕을 색으로 읽어내는 능력은
요리의 차원을 한 단계 드높인다.

『궁극의 쉐프』

요리란!
접시 위에 자신의 모든 것을 담아내는 것.

쉐프란!
그 요리에 자신의 가치를 증명하는 사람.

"요리 하나로 사람의 운명도 좌우할 수 있습니다."

혀를 위한 요리가 아닌, 마음을 돌보는 요리를 꿈꾸는
궁극의 쉐프 손장태의 여정이 시작된다!

Book Publishing CHUNGEORAM

유행이 아닌 자유추구 -
WWW.chungeoram.com

철순 장편소설

FUSION FANTASTIC STORY

괴물 포식자

지구 곳곳에 나타난 차원의 균열.
그것은 인류에게 종말을 고하는 신호탄이었다.

『괴물 포식자』

괴물을 먹어치우며 성장한 지구 최강의 사내, 신혁돈.
그는 자신의 힘을 두려워한 인류에 의해
인류의 배신자라는 낙인이 찍히고 죽게 되는데…

[잠식이 100%에 달했습니다.]
[히든 피스! 잠들어 있던 피닉스의 심장이 깨어납니다.]

불사의 괴물, 피닉스의 심장은
신혁돈을 15년 전으로 회귀하게 한다.

먹어라! 그리고 강해져라!
괴물 포식자 신혁돈의 전설이 시작된다!

Book Publishing CHUNGEORAM

유행이 아닌 자유추구-
WWW. chungeoram.com